恋の一品めしあがれ。

Tomomi & Yasutaka

なかゆんきなこ

Kinako Nakayun

エタニティ文庫

目次

恋の一品《ひとしな》めしあがれ。

プロローグ

『俺と店と、どっちが大事なんだ』

ああ、これは五年前の夢だ。

当時付き合っていた彼氏と、別れた日の夢。

恋愛ドラマで「私と仕事と、どっちが大事なの？」って聞くヒロインを見ては、「こんなセリフ言われたら萎《な》えるわ～」と笑っていた彼が同じことを言うなんてと、ぽかんとした覚えがある。

このころ、私、秋山朋美《あきやまともみ》は小料理屋を営《いとな》んでいた両親を事故で亡くした直後だった。いずれ店を継ぐつもりで、調理師の専門学校を卒業したあと、他の料理店で修業していた時のこと。

突然の訃報《ふほう》にショックを受けた私は、それでもなんとか周りの助けを借りて二人の葬儀《そうぎ》を執《と》り行い、その後も諸々《もろもろ》の手続きに奔走《ほんそう》。そして予定より早かったけれど、退職して両親の遺してくれた店を継ぐことにした。

それに猛反対したのが、長年付き合っていた彼だ。

彼はこの機会に、自分と結婚して家庭に入ってほしいと言った。専業主婦として、自分を支えてほしいと。

だけど私は、元々両親の店を継ぐのが夢だったし、突然そんな風にプロポーズされても頷くことはおろか、喜ぶことさえできなかった。

むしろ、いずれ店を継ぐつもりであると話した時には応援してくれたのに何故？　って、不信感が募《つの》った。

店を継ぎたい私と、継がずに家庭に入ってほしい彼の主張は平行線を辿り、私達の関係は日を追うごとにぎくしゃくしていく。

このままじゃいけないと思って、私は久しぶりに彼を自分のアパートに招いた。

彼が好きな料理をたくさん作って、それを二人で食べよう。

美味《おい》しいものを食べたら、きっとささくれだっていた気持ちも落ち着く。

そして、自分の想いを彼に伝えよう。真摯《しんし》に話せば、彼もわかってくれるはず。

そう思っていたんだけど、彼は私が作った料理には一切手をつけず、「俺と店と、どっちが大事なんだ」と責めるように問いかけてきたのだ。

『………』

私は、言葉が出てこなかった。

彼が、店ではなく自分を選んでほしいのはわかっている。

わかっていても、私にだって譲《ゆず》れないものはある。

それに、彼に対する不満もあった。

どうして私だけ、大切なものを諦めなくてはいけないのか。

以前は応援してくれていたのに、いざ店を継ごうという段になって反対するなんてひどい。

家庭に入って支えてほしいと言うけれど、私だって、両親を亡くして大変なこの時に、彼に支えてもらいたかった。

なのに彼は自分の望みを言うばかりで、私の気持ちなんて考えてくれない。

そんな不満がどんどん込み上げてくる。でも、それは私が我儘《わがまま》なだけなんだろうかという気持ちもあって言葉にすることを躊躇《ためら》ってしまい、結果、何も言えなかった。

『わかった。もう、いい』

彼は失望したような表情を浮かべる。

『別れよう』

私はその言葉を粛々《しゅくしゅく》と受け止め、こくんと頷いた。

私も、彼とはもう無理だと思ったから。

彼を繋《つな》ぎ止めるには、きっと私が夢を諦めて専業主婦になる他ない。

でも、そうすると両親が大切に守ってきた店を、手放さなければならなくなる。

それは、私には受け入れがたかった。

『じゃあな』

彼が部屋から出ていって、残ったのは私と、手つかずの料理だけ。

近日中に実家に引っ越そうと思っていたので、部屋の中はガランとしている。

実家を売りに出したらいいと主張していた彼にとっては、それも気に入らなかったのかもしれない。そう思いながら、私はテーブルの上に並んだ料理に視線を落とした。

『……せっかく、作ったのになあ……』

ぽつりと呟き、お箸《はし》を手にとる。

『いただきます』

彼の大好物の一つ、魚肉ソーセージ入りのポテトサラダ。

味がしっかり沁《し》み込むように作った、大根と鶏肉《とりにく》の煮物。

炊《た》きたてのご飯に、ほうれん草と油揚げのお味噌汁《みそしる》。

そして彼が好きな、甘い味付けの卵焼き。

私は一人で黙々と、彼のために作った料理を食べ進めた。

かつて彼が「美味《うま》い！」「いくらでも食べられそう」と笑って、美味《おい》しそうに食べてくれた料理の数々。

もうあんな風に食べてもらうことはないんだなあと思ったら、胸がズキンと痛んだ。
『……美味《おい》しい』
独り言を呟きつつ食べる私の頬に、一筋の涙が零《こぼ》れる。
ねえ、こんなに美味《おい》しく作れたんだよ。
せめて一口くらい、食べていってほしかったな。
『……っ』
彼との別れを受け入れたのは自分だ。
それに、こうなるかもしれないという予感も薄々あった。
だというのに、何故か次から次へと涙が溢《あふ》れて止まらない。
『うう っ……』
私はただ、彼に認めてほしかった。
大好きな両親が遺してくれた店を手放したくないっていう気持ちを。
一人の料理人として、ささやかながらも店を切り盛りしていきたいっていう夢を。
これがどんなに大変な道かはわかっている。
彼が心配してくれたことも。
だけど私は逃げ道じゃなくて、励《はげ》ましの言葉が欲しかったんだ。
一緒に頑張ってくれなくていい。でも、大好きな人に自分の夢を応援してもらいたかった。

それが叶わなかったことが、ただただ切ない。

『グスッ……』

父も母も死んでしまった。

長年付き合っていた彼氏にも振られてしまった。

自分はこの先、ずっと一人ぼっちなのかもしれない……なんて。

当時はそんな風に、考えがどんどん暗い方へ悪い方へ沈んでいって、しばらくは落ち込んだっけ。

彼氏に振られたくらいでと思われるかもしれないけれど、あの時の私はそれくらい悲しくて、寂しくて、苦しかったのだ。

(もし、私があの時、夢を諦めて彼のプロポーズを受け入れていたら……)

「ナアーン、ナアーン」

「う、ううん……」

耳のすぐ傍で、猫の鳴き声がする。

早く起きろと言わんばかりのその声に、私は夢の淵《ふち》から呼び戻された。

(……久しぶりに見たなあ。あの日の夢……)

夢のせいで当時の記憶が甦《よみがえ》り、なんとも微妙な心境になる。

もうとっくに吹っ切れたと思ったのに、こうして夢に見てしまうあたり、まだ未練が残っているのかな。

私は心の中で「はあ……」と嘆息《たんそく》する。

あれから五年。

当時のことはもう過去のことだと割り切っているつもりだし、たとえ元彼が目の前に現れたとしても、復縁する気はない。それは向こうも同じだろう。

だというのに、未《いま》だに夢に見ただけで気持ちを掻《か》き乱されるのが嫌だった。

「ニャー」

しばし目を瞑《つぶ》ったまま思考を巡らせていたら、頬をザラザラとした舌で舐《な》められた。

鳴き声だけでは起きぬと、次の手に打って出たらしい。

「やめて……」

「ニャンッ」

その攻撃を避《さ》けるように寝がえりを打つと、今度は反対側から鳴き声がして、おでこの辺りをザリザリと舐《な》められる。

「ニャッ、ニャッ」

「うー、わかった。起きる、起きるから……」

ぼんやり目を開けて壁の時計を見れば、いつもの起床時間より十五分ほど早かった。叶うなら、このままギリギリまで寝ていたい。

しかし私が起きない限り、この鳴き声とザリザリ攻撃はやまないだろう。仕方なく、私は布団に別れを告げることにした。

「おはよう、トラ」

まずは右側の枕元にいたトラ猫のトラ——トラキチに挨拶《あいさつ》をする。

最初に頬を舐《な》めてきたのはこのトラキチだ。やんちゃな性格で、いつも真っ先に私を起こしにくる。

そして次は、左側の枕元にいた黒猫のクロ——クロスケに「おはよう」と言う。おでこを舐《な》めてきたのはこの子だ。

甘えん坊のクロスケは、私の頬にスリスリと擦《す》り寄って「ニャウン」と鳴く。

うちの子達はみんな人懐《ひとなつ》っこいけれど、中でもクロスケは特別懐《なつ》っこい。つぶらな瞳で甘えられると、ついつい顔がデレッとなってしまう。

「可愛いなあ〜」

よしよしと頭を撫《な》でてやると、クロスケは気持ち良さそうに目を細めた。

「ンナー！」

そうしたら、自分も構え！　とばかりにトラキチが擦《す》り寄ってきた。

（はあ〜。うちの子はなんて可愛いんだろう）

トラキチの頭もよしよしと撫《な》でてやる。

もうずっと、このまま猫と戯《たわむ》れていたい。

もちろん、そんなわけにはいかないんだけど。

しばし二匹の毛並みを撫《な》でていたら、私の足元でもう一匹の猫がむくりと起き上がった。

「おはよう、ハチ」

朝の起きろ攻撃に加わらず今の今まで眠っていたこの猫は、ハチワレ猫のハチベエ。

我が家には、ハチ、クロ、トラと三匹の猫が暮らしている。ちなみにハチベエが七歳、クロスケが六歳、トラキチが三歳で、みんなオスだ。暑い夏を除《のぞ》いて、猫達はいつも私と同じベッドで眠る。

ハチベエとクロスケは元々両親がこの家で飼っていた猫で、トラキチは二年前、私が拾った元捨て猫だ。

ハチベエは思いきりぐーっと伸びをしたあと、くああっとあくびをして再び布団の上で丸くなった。そんな仕草もいちいち可愛い。

私はベッドから下りて、寝室を後にする。

向かった先は、猫達のえさ場があるリビング。

トラキチとクロスケは、私の後ろをとてとてとついてきた。

「ちょっと待ってね〜」

三つ並んだお皿にドライタイプのキャットフードを入れていると、トラキチとクロスケはぐいぐいと顔を突っ込んでくる。まだ途中だから、待って。頭にかかるよ。

「はい、どうぞ」

入れ終わった私が一歩引くと、二匹は我先にと再びお皿に顔を突っ込んだ。

「ハチー、ごはんだよー」

残る一匹、寝室に残っているハチベエに声をかければ、しばらくしてのっそりとリビングにやってきて、自分のお皿にあるキャットフードを食べ始める。

「ナアン」

トラキチがハチベエのお皿を狙うものの、ちょっと顔を近付けただけで「フーッ！」と威嚇《いかく》され、すぐに引っ込む。

ハチベエは穏やかな性格だが、自分のごはんを狙う者には容赦がない。時には猫パンチで制裁《せいさい》されるというのに、トラキチは懲《こ》りずに毎朝同じことをする。

でも、そんなお馬鹿さんなところもたまらなく可愛いのだ。

猫達の愛らしさに、夢見が悪くてどんよりしていた気持ちもどこかへ吹き飛んでしまう。

うん、あれはただの夢。ただの過去の記憶だ。

当時は盛大に落ち込んだけれど、私は今、けっこう幸せに生きている。

「……あっ」

猫達の食事風景をまったりと見守っていると、寝室の方からアラームの音が聞こえてきた。

慌てて寝室に戻り、アラームを止める。猫達が毎朝のように起こしてくれるとはいえ、万が一寝坊したら大変なので、スマートフォンの目覚ましは必ず設定しているのだ。

時刻は午前六時。

さて、私も着替えて朝ごはんにしようか。


私は長年付き合っていた彼氏と別れたあと、両親の後を継ぎ、小料理屋の店主になった。

現在は亡き両親が遺してくれた店舗付き住宅で三匹の猫と暮らしている。

店を切り盛りする両親の姿を見てきたとはいえ、突然店を継ぐことになって、当時は大変だった。わからないことが多く、不安なこともいっぱいあったし、失敗もたくさんしたっけ。

料理をするのは大好きだったんだけど、一人で店を切り盛りするには、料理以外にもやらなくちゃいけないことがたくさんある。

けれど今は、なんとかこういう生活にも慣れてきたところだ。この五年、とにかく両親が遺してくれた店を潰《つぶ》さないよう、がむしゃらに働いてきたからね。

両親を亡くした悲しさや彼氏に振られた寂しさは、仕事の忙しさと、猫達の存在が埋《う》めてくれた。

どんなに疲れた日も、猫達の可愛い姿を見て、その柔らかくふかふかな身体を撫《な》でたり、おもちゃでじゃらしたりしているうちに癒《いや》される。特に一緒の布団で寝るのは最高だ。

なんだかもう、このごろは猫達さえいればそれだけで幸せだ、って思うことも多くなってきた。

……そう口にしたら、友達には「アンタ枯れてる！」って言われちゃったけどね。

元彼と別れて以来、恋愛からは遠ざかっていた。

私としては、独り身は自由が利くし、楽だし、好きな仕事をして可愛い猫達がいる今の生活にけっこう満足しているので、このままずっと一人でもいいかなって思っている。

別に、元彼との別れをいつまでも引きずって、「もう絶対に恋なんかしない！」と思っているわけじゃないんだけど。ただ、どうも『ご縁』がないというか……

それに五年も一人でいると、今更誰かと恋愛したり、ましてや結婚して一緒に生活したりなんて想像できなくなる。

休みの日とか、空《あ》いた時間は自分のために使いたいしね。猫達と遊んだり、料理の研究のために食材を探しに行ったり、外食に行ったりとか。

つまり自分から積極的に「恋をしよう！」という気も、出会いを求めて行動する気もないっていうのが現状かな、うん。

お店の常連さん達の中には、時々お見合いを勧めてくる人もいるんだけどねえ。乗り気になれなくて、やんわりお断りしている。その気もないのに会うのは、かえって迷惑だろうし。

まあ、結婚願望がまったくないわけではなく、いずれはそんな日がきたらいいなあとは思っている。

どうせ結婚するなら、美味《おい》しそうにごはんを食べてくれる人がいいなあ、とも。

昔から、人が美味《おい》しそうに食事しているところを見るのが好きだったし、好きになるのも、大抵「一緒に食事をしていて楽しい人」だった。それで食べっぷりもよかったら最高だね。

あとは「私がこのまま店を続けていくことを認めてくれる人」っていうのも外せない。もう、元彼の時みたいに揉《も》めるのは嫌だから。

さらに言うと、「猫達を可愛がってくれる人」じゃないと一緒には暮らせな……って、こんな風にあれこれ考えてしまうせいで、縁遠くなっているのかもしれない。

いやでも、譲《ゆず》れないものってあるからね。我慢して、付き合ったり結婚したりするよりは、現状のまま一人でいた方がいいだろう。

まあとにかく、今すぐってわけじゃないけど、いずれ条件に合う人と恋をして、結婚できたら素敵かな。

なんて思っているうちに、あっという間に年をとってしまいそうだけど。

それならそれで、きっとしょうがないよね。

一

東京ににわか雨が降った、六月のある木曜日の夜のこと。

私はいつものように長い黒髪を夜会巻きにして、着物に割烹着《かっぽうぎ》姿で店のカウンターに立っていた。

両親が若いころに開いた「小料理　あきやま」は、カウンター五席、四人掛けのテーブル席が二つあるだけの小さなお店だ。

家は二階建ての店舗付き住宅で、一階の半分が店舗と厨房《ちゅうぼう》。残り半分と二階が自宅になっている。

厨房《ちゅうぼう》は自宅の台所も兼ねていて、一階には他にダイニング、和室が一部屋。二階にはリビング、二間続きの和室、私の寝室、それからトイレ、洗面所、浴室がある。

両親と三人で暮らしていた時には狭く感じていた家も、一人と猫三匹で住むとなると少し広く感じられた。

ちなみに階段には扉がついているので、二階にいる猫達は階段を下りてもその先には出られないようになっている。厨房《ちゅうぼう》やお店に入り込まれたら困るからね。

お店はオフィス街の裏路地にあって、お客様の多くは近くの企業に勤めるサラリーマンやOLさん達だ。営業時間は昼の十二時から二時までと、夜の六時から十一時まで。

定休日は毎週日曜と第二月曜日。昔馴染《なじ》みの常連さんのおかげもあって、私一人でもなんとか続けられている。

今夜も仕事帰りのお客様が多く訪れてくれて、開店して一時間も経つと、もう満席になった。

お店が小さいので、調理と接客が私一人だけでもなんとか回せる。もっと忙しいお昼時は人を雇った方がいいかなあと思うけれど、人件費を考えると二の足を踏んでしまうんだよねぇ。

そんなことを考えつつ、お客様の注文に応《こた》えて料理をお出しする。毎朝河岸《かし》に赴《おもむ》き、自分の目で選んだ旬《しゅん》の食材を使った自慢の料理だ。

「ごちそうさま。今日も美味《うま》かったよ」

「ありがとうございました。また来て下さいね」

食べ終え、会計を済ませたお客様を笑顔でお見送りする。

お客様に自分の作った料理を「美味《おい》しい」と食べてもらえることが、私のやる気の源《みなもと》だ。また食べに来てもらえるように、もっと腕を磨こう！　って思える。

夜の営業は、開店直後から八時くらいまでが一番忙しいかな。食事を目当てに来店されるお客様が多くて、回転も速い。

そして忙しい時間帯を過ぎ、九時ごろになると、食事よりもお酒を楽しみに、肴《さかな》になる料理を一品二品頼んでじっくり飲んでいかれる方が多くなる。

一人で静かに飲みたい方もいれば、隣り合った人とおしゃべりで盛り上がる方もいる。もちろん、私が話のお相手を務めることも多いよ。色々なお話が聞けて、けっこう楽しい。

注文に追われる慌ただしい時間も好きだけど、お客様がお酒と肴《さかな》をゆっくり楽しむこのまったりとした時間も、私は大好きだ。

そして十時過ぎ。最後のお客様がお帰りになって、今日はもうお客様は来ないかしら……と思ったころ、一人の男性が来店した。

「こんばんは、朋美さん」

「あら、徳川《とくがわ》さん。いらっしゃいませ」

やってきたのは仕立ての良いスーツに身を包んだ、長身の男性。

年齢は、確か三十六歳……だったかな。私の六つ上。でも見た目はもっと若く見える。

艶《つや》のある黒髪をオールバックにした、いかにも仕事ができそうな男性だ。

爽《さわ》やかさと色気が絶妙なバランスで同居した男らしい顔立ちは、俳優さんとしてテレビに出演していてもおかしくないくらい恰好良い。

彼は徳川康孝《やすたか》さんといって、この近くにある大きな不動産会社の社長さんである。

お店の常連さんの一人で、以前は毎週――多い時には週に四回くらいのペースで通って来てくれていた。だけど、ここ一ヶ月ほどはまったく姿を見なかったから、ちょっと心配していたのだ。

そんな彼が久しぶりにお店に来てくれたことが嬉しくて、自然と笑みが零《こぼ》れる。

「もしかして、この時間までお仕事ですか？」

カウンターに座った彼に、温かいおしぼりを手渡す。

徳川さんはそれを使って手を拭《ふ》くと、気持ち良さそうに目を細めた。

その顔は、とても疲れているように見える。そんな表情さえ色っぽく見えるのだから、イケメンってすごいなあと感心してしまうけれど、なんだか心配だ。

「ああ、ちょっと仕事を溜めてしまってね。こちらにも随分とご無沙汰《ぶさた》で、朋美さんの味が恋しくてならなかったよ」

「ふふっ、お上手ですね」

お世辞だろうとわかっていても、自分の料理を恋しいと言ってもらえるのは嬉しい。

私はくすっと笑い、今日のおすすめを書いたお品書きを手渡す。

お酒や定番料理のメニューは各テーブルに常備しているんだけど、その日仕入れた食材で決める日替わりのおすすめは、毎回私が手書きしている。

真剣な表情でお品書きを眺める徳川さんを見ながら、この時間ならもう夕食は済ませて、仕事帰りの一杯かしら？　と思っていたら、彼は苦笑しつつ言った。

「夕方にコンビニのおにぎりを一つ食べたきりで、かなり腹が減ってるんだ。本日の炊《た》き込みご飯と味噌汁《みそしる》、金目鯛《きんめだい》の煮付けとダシ巻き卵、オクラの網焼きに……ああ、枇杷《びわ》のシロップ煮も美味《うま》そうだね。これと、あとはビールをお願い」

こんな遅い時間に夕飯だなんて、社長さんは大変ですね。

「かしこまりました。少々お待ち下さいね。それからこれ、よかったら召し上がって下さい」

当店からのサービスですと、小鉢に入ったそら豆の白和《しらあ》えをお出しした。

「いいの？」

「ええ」

常連さん相手だと、こういったサービスはよくやっている。

うちのお店はお通しをお出ししていないからね。先付け代わりに食べてもらえたらと思ったのだ。それから、大きめのグラスにビールを注いでお出しした。

「お仕事お疲れ様です」

「朋美さん……。ありがとう。いただきます」

いえいえ、どういたしまして。

さて、それじゃあお腹を空《す》かせた徳川さんをお待たせしないよう、ぱぱっとご注文の料理を仕上げようか。

オクラを三本、まな板の上で塩を絡《から》めて板ずりし、水洗いしてから水気をしっかりとって、カウンターの内側にある焼き台で網焼きにする。

金目鯛《きんめだい》の煮付けとダシ巻き卵は、大皿に盛ってカウンターの一段高い場所に並べていたので、そこからお皿に煮付けを一切れ、別のお皿にダシ巻き卵を三切れとって、大根おろしを添《そ》えた。

煮付けとダシ巻き卵は、ちょうどこれが最後。空《あ》いた大皿はシンクへ片付ける。

「はい、金目鯛《きんめだい》の煮付けとダシ巻き卵です」

そうしたら網の上のオクラを少し転がして、今度はご飯とお味噌汁《みそしる》。

本日の炊《た》き込みご飯は、新生姜《しんしょうが》の炊《た》き込みご飯だ。炊飯器《すいはんき》の蓋《ふた》を開ければ、新生姜《しんしょうが》の爽《さわ》やかな香りがふわっと広がる。それを気持ち多めにお茶碗に盛って、今度はお味噌汁《みそしる》。具は日替わりで、今日はインゲンと新じゃがだ。私もまかないで食べたけど、インゲンはシャキシャキ、新じゃがはホクホクでとても美味《おい》しかった。

一人分のお盆に炊《た》き込みご飯とお味噌汁《みそしる》、それからキュウリの浅漬《あさづ》けの小皿を載せて、お席へ。

「はい、ご飯とお味噌汁《みそしる》です」

そしてオクラは……うん、良い具合に焼けたね。器《うつわ》に盛って鰹節《かつおぶし》をふりかけ、最後に生姜醤油《しょうがじょうゆ》をかけたら完成だ。

「お待たせしました。オクラの網焼きです」

あと残っているのは、枇杷《びわ》のシロップ煮だ。こちらはデザートメニューなので、今出している料理を食べ終わったころにお出ししよう。

「ん～、美味《うま》い」

焼きたてのオクラを口にした徳川さんは、幸せそうに笑った。

彼は育ちの良さが窺《うかが》える箸《はし》使いで、美味《おい》しそうに食べ進めていく。

食べ方も綺麗で、料理を次々に平《たい》らげていく様《さま》は、見ていて気持ち良いくらいだ。

それに、いつも決まって子どものように無邪気に顔を綻《ほころ》ばせ、「美味《うま》い」と言ってくれるのが嬉しい。そんな風に食べてもらえると料理人冥利《みょうり》に尽きるというか、なんとも幸せな気持ちになる。

「はい、枇杷《びわ》のシロップ煮です」

徳川さんが料理を食べ終わったら、空《あ》いたお皿を下げて、温かいほうじ茶と共に枇杷《びわ》のシロップ煮を出す。

今が旬《しゅん》の枇杷《びわ》は、もちろんそのまま食べてもいいけれど、甘く煮てもジューシーでとても美味《おい》しい。何より保存が利くので、自分のおやつ用にも毎年一瓶作っている。

徳川さんは甘いものも好きな人で、枇杷《びわ》のシロップ煮も美味《おい》しそうに頬張った。

そして全て平《たい》らげると、「はあ〜……」と深いため息を吐く。

食べている時は幸せそうにしていたのに、今はなんだか元気がないように見える。どうしたんだろう？　よっぽど疲れが溜まっているのかな。

「朋美さん、これを冷《ひや》で。あと、アジのなめろうもお願い」

あら、徳川さんがデザートを食べたあとにお酒と肴《さかな》を注文するなんて珍しい。

私は「はい、ただいま」と頷いて、彼が指定した銘柄の日本酒を徳利《とっくり》に移し、おちょこと、小鉢に盛ったアジのなめろうを一緒にお盆に載せてお出しした。

ちなみによく間違われるんだけど、「冷《ひや》」は冷やしたお酒ではなく、常温のお酒のことを指す。冷やしたお酒は「冷酒」だ。

徳川さんはなめろうを口にし、お酒をちびちびと飲んでいく。

そんな中、また「はあ……」とため息を吐いた。

（うーん……）

どうしてそんな浮かない顔をしているのか、聞いてもいいかしら？

詮索《せんさく》しない方がいいかなあとも思うんだけど、気になるし……

「あの、何かあったんですか？」

他にお客様がいないこともあって、私は徳川さんに声をかけた。

（あっ、でも……）

聞いた直後、ただ仕事で疲れているだけかもしれないと思い至った。

夜の十時近くまで会社にいたのだ。そりゃあ疲れるだろうし、甘いものを食べたあと、やっぱりもうちょっとお酒を、と考えてもおかしくない。

余計なことを言ってしまったと後悔していると、徳川さんは困ったように笑って、

「実は……」と語り出した。

「一ヶ月前、兄の奥さんが亡くなってね」

徳川さんには、二歳上のお兄さんがいらっしゃるそうだ。そしてお兄さん夫婦には、小学四年生の息子さんがいるんだとか。

お兄さんは会社を継ぐのを弟の徳川さんに任せ、弁護士になったんだって。優秀な方で、アメリカのニューヨーク州の弁護士資格も持っているらしい。いわゆる国際弁護士というやつだ。

元は都内の弁護士事務所に勤めていたけど、友人がニューヨークで新たに法律事務所を立ち上げることになり、助っ人として呼ばれたお兄さんは、妻子を日本に残して単身渡米した。

ところがその後、奥さんが交通事故に遭《あ》い、不慮《ふりょ》の死を遂げてしまう。

一時帰国したお兄さんは葬儀《そうぎ》のあと、息子さんをアメリカに連れて行くことにした。

しかし、当の息子さんがアメリカには行きたくないと拒《こば》む。

まあ、無理もないよね。お母さんを亡くしたばかりで辛いのに、言葉の通じない外国に行かなければならないなんて、不安しかないだろう。

さりとてお兄さんも、アメリカでの仕事を急に投げ出すわけにはいかない。

そこで助け船を出したのが徳川さん。

彼はお兄さんの仕事が終わって帰国できるまで、自分が甥《おい》の面倒を見ると言った。その甥《おい》、息子さんもアメリカに行くよりは……と、徳川さんと暮らすことを選んだ。

ちなみに、徳川さん兄弟も亡くなったお義姉《ねえ》さんもすでに両親を亡くされていて、頼れるような近しい親族は他にいなかったんだって。

そんな経緯で、徳川さんは甥《おい》っ子を自宅マンションに引き取り、一緒に暮らし始めた。知らない仲じゃないし、なんとかやっていけるだろう。そう思っていたものの……

「実際に暮らしてみると、なかなか難しくてね」

甥《おい》っ子——秀哉《しゅうや》くんというらしいんだけど、その子は徳川さんに懐《なつ》かないというか、ろくに口をきいてくれないんだそうだ。

これまでだって、何度も会ったり一緒に食事したり、時には秀哉くんと二人だけで遊びに行ったことだってあるのにと、徳川さんは嘆《なげ》く。その時には、ちゃんと懐《なつ》いてくれていたらしい。

さらに徳川さんが用意した食事にも口をつけず、スナック菓子やカップラーメンばかり食べているんだって。

（あらあら……）

今日は、秀哉くんは小学校の宿泊体験学習に行っていて、帰ってくるのは明日なんだとか。

お義姉《ねえ》さんが亡くなって以来、徳川さんは秀哉くんのために仕事を調整して、なるべく早く家に帰るようにしていた。

これが最近ご無沙汰《ぶさた》の理由で、今日遅くまで会社にいたのは、秀哉くんが留守の間に、溜まっていた仕事を消化するためだったんだとか。

それにしても、まさかそんな大変なことになっていたなんて。

(秀哉くん、か……)

両親を亡くした時、すでに大人だった私ですらショックでしばらくは立ち直れなかったくらいだから、まだ九歳の秀哉くんの心境はいかばかりか。

そんなことを思っていたら、私の心中を察したように徳川さんが苦笑して言った。

「もちろん、母親を亡くしたばかりの九歳の子に、いきなり新しい環境や俺との暮らしに慣れろなんて言わないよ。ただ、せめてちゃんと会話はしてほしくて。食事だって、こんなものばかり食べていたら身体を壊してしまうだろう？　って叱っても宥《なだ》めても響かなくて、さすがに俺も応《こた》えているんだ」

そう言って、徳川さんは秀哉くんとの暮らしぶりを話してくれる。

どうやら彼は社長として多忙の身ながら、精一杯秀哉くんの世話に取り組んでいるみたいだった。

残業できない分、時には家に仕事を持ち帰って片付け、家事もこなす。一人で暮らしていた時から身の周りのことは自分でやっていたというけれど、それでも大変なはず。社長業をこなしつつ預かった甥《おい》っ子くんの面倒を見ているなんて、徳川さんはすごいなあ。

そして、そこまでしているのに相手から冷たい態度をとられたら、そりゃあ辛いだろうなと思う。

「……こんな愚痴《ぐち》を聞かせてしまって、ごめんね。でも、久しぶりに朋美さんの美味《おい》しい料理を食べて、元気が出たよ」

「そんな、気にしないで下さい」

先に尋ねたのは私なので、謝ってもらう必要はない。

それに、徳川さんの意外な一面を知ることができてよかったとも思っているのだから。

私の知る限り、徳川さんは余裕のある大人の男性……って感じの人だ。

このお店には徳川さんの会社の社員さん達も訪れるから、時折社長である彼の噂話《うわさばなし》というか、評判を聞くことがある。

若くして社長職を継いだ徳川さんは、就任当初こそ「荷が重いんじゃないか」とか、「先代の息子だったから社長になれただけじゃないか」なんて懐疑的《かいぎてき》な目で見られていたけれど、今ではその仕事ぶりに周りも納得しているらしい。実際、彼が社長に就任してから業績が上がったそうだ。カリスマ性があって、社員にも慕《した》われているみたい。

よく「自分に甘く他人に厳しい上司は最悪だ」という話を聞くが、徳川さんはその逆。自分に厳しく、社員一人一人に優しい人なんだって。

それはただ社員を甘やかしているわけじゃなくて、叱る場面ではしっかり叱り、褒《ほ》めるところはしっかり褒《ほ》めてくれる。叱るにしても、決して感情的に怒鳴りつけたりせず、何が悪かったのかをきちんと指摘して、どうしたらミスが防《ふせ》げるのかを一緒に考えてくれるらしい。

そして社員の良いところを見つけるのが上手い、褒《ほ》め上手なんだとか。

いつだったか、「社長は叱るのと褒《ほ》めるのとのバランスが良いよなあ」と、社員さんが感心したように話していたのを聞いたことがあった。

若手の男性社員さんが「社長みたいな恰好良い大人の男になりたい」って言っていたこともあるし、女性社員さんが「ほんと、理想の上司だよね～」ってうっとりしていたこともある。

それを耳にして、私も「徳川さんって良い社長さんなんだなあ」って感心したっけ。

そんな、男女ともに慕《した》われている徳川さんが、甥《おい》っ子との生活に悪戦苦闘しているなんて、こう言ったら申し訳ないけれど、ちょっと可愛いとさえ思ってしまった。

ただ……

（このままじゃ、徳川さんも秀哉くんも辛いよね）

一緒に暮らしているのに甥《おい》っ子に懐《なつ》いてもらえない徳川さんも、徳川さんに素直に甘えることのできない秀哉くんも、二人とも辛いと思う。

あと、少し気になっていることがあるんだ。

徳川さんが秀哉くんとの暮らしぶりを話してくれた時、どんな食生活を送っているかみの。

も具体的に教えてくれたんだけど……

徳川さん、自分で料理をする他、忙しい時にはお惣菜《そうざい》やお弁当、デリバリーなんかも利用している様子だけれども、どうも和食が多いみたいなんだ。それもちょっと渋好みの。

もちろん、私も和食は大好きだよ。ただ、子どもには合わないんじゃないかと……

私もそのくらいのころは、洋食の方が好きだったしねえ。焼き魚よりハンバーグ、お刺身よりハム。天ぷらより海老《えび》フライ、ってな感じで。

「あの、差し出口で申し訳ないんですが、秀哉くんが用意した食事をなかなか食べないのは、口に合わないからじゃないかな……と」

「えっ」

私が言葉を選びつつ、自分も子どもの時は和食より洋食が好きで、むしろ和食を苦手に思うこともあったと伝えると、徳川さんは驚いた様子だった。

「そう……なのか。俺や兄は小さいころから和食の方が好きだったから、秀哉もてっきりそうだと」

なるほど。徳川さんはご自分やお兄さんが子どものころに好きだったメニューを用意してあげていたんだね。

「秀哉にもちゃんと『何が食べたいか』『どんな料理が好きか』って聞いているんだけ

どね。でもあいつ、『なんでもいい』としか言わないし、そう言ったくせに残すんだ」

「あらあら」

それは難敵ですね。

私も料理を作る側として、「なんでもいい」って言われるとちょっと困るのはわかる。その上、いざ出した料理を残されたら確かに悲しい。

「まあ、食の好みは人それぞれですし、もしかしたら秀哉くんも、本当はお父さんや叔《お》父《じ》さんと一緒で渋好みな可能性もありますよ。徳川さんに反抗することで甘えているのかもしれませんし……」

秀哉くんの気持ちは、秀哉くんにしかわからない。

それにまだ、二人が一緒に暮らし始めて一ヶ月ほどだ。これからゆっくりと、心を許していってくれるのかもしれない。

そう話すと、徳川さんは「そうだといいなあ」と苦笑して言った。

ううん、これはけっこう参っているようだ。

何か、二人の距離が縮まるきっかけがあればいいんだけど……

（………あっ、そうだ）

「ちょっと待っていて下さいね」

私はあることを思い付いて、奥の厨房《ちゅうぼう》へ向かった。

厨房《ちゅうぼう》とカウンター内の調理スペースを仕切っているのは大きな棚で、そこにはお酒の瓶をずらりと並べている。そして厨房《ちゅうぼう》への入り口には、暖簾《のれん》をかけて奥が見えにくくなるようにしていた。

その暖簾《のれん》をくぐって厨房《ちゅうぼう》に入り、冷凍庫からあるものを取り出す。それから、ビニール袋と紙袋も用意した。

「徳川さん、秀哉くんには食べ物のアレルギーはありますか？」

目的のものを持ってカウンターに戻った私は、徳川さんに尋ねる。

「ないけど……」

「それじゃあ、よかったらこれ」

そう言って私が見せたのは、フリーザーバッグに入った鶏《とり》のもも肉だ。明日のランチ用に仕込んだものの一部で、食べやすい大きさに切って、下味をつけた状態で凍らせてある。

「鶏《とり》の唐揚げです。揚げたてを秀哉くんに食べさせてあげて下さい」

鶏《とり》の唐揚げは、子どもの好きな料理の上位にランクインする人気メニュー。冷めても美味《おい》しいけれど、揚げたてはまた格別の味がする。

鶏肉《とりにく》がジュワワワワ……って油の中で揚がっていく音っていいよね。そして、できたてをふうふうして、あつあつはふはふしながら食べるのって最高だよ。

たとえば秀哉くんの目の前で揚げて、できたてを一緒に食べたら美味《おい》しくて楽しいんじゃないかなって思ったんだ。

もし秀哉くんも鶏《とり》の唐揚げが好きなら、気に入ってくれるんじゃないかな。

そう説明すると、徳川さんは「なるほど」と頷いた。

「一晩くらい漬けておくと、味が良い具合に沁《し》みて美味《おい》しくなるんです。だから、朝に揚げるなら夜に、夜に揚げるなら朝に、冷凍庫から冷蔵庫に移してゆっくり自然解凍させつつ味を沁《し》み込ませます。あとは片栗粉をまぶして、三十分ほど室温で馴染《なじ》ませて揚げると、カラッと揚がりますよ」

私はフリーザーバッグをビニールの袋に入れてから紙袋に入れ、徳川さんに差し出す。

(あっ)

今になって、余計なおせっかいをしてしまったかしらと不安になったけれど、徳川さんは笑顔で受け取ってくれた。

「ありがとう。さっそく明日の夜、試してみるよ」

徳川さんは紙袋を手に、お会計を済ませて店を後にした。

(あら、もうこんな時間)

気付けば、閉店時間を三十分ほど過ぎている。

私は徳川さんと秀哉くんの距離が少しでも縮まることを祈りながら、店の外に出て暖《の》簾《れん》を下ろし、店仕舞いの作業にとりかかった。

二

徳川さんが久しぶりに店を訪れた夜から二日後の、土曜日の朝。

私はいつものように猫達に起こされ、ごはんをあげてから、一人で簡単に朝食を済ませた。

朝ごはんはお店の残り物や、余った食材でぱぱっと作ることが多い。

そのあとは身支度をして、店の軽ワゴン車で仕入れに向かう。

仕入れを終え、帰宅して買った食材を仕舞ったら、ここでいったん休憩。

お茶を飲みながら、その日のメニューを考える。決まったら、ランチメニューはブラックボードに白いペンで、夜にお出しするおすすめ日替わりメニューは、数枚の和紙に書いておく。

その後、大体十時からお店の掃除をして、仕込みを開始。

ちなみにお昼の時間は、洋服にエプロン姿で働いている。お昼の方がお客様が多くてバタバタするからね。それに、昼と夜とで違った雰囲気を味わってもらいたいという狙いもあった。

そして十二時になったらランチ営業スタート。

暖簾《のれん》をかけて、メニューを書いたブラックボードを入り口の傍に置く。

ランチ営業のメニューはいつも三種類。今日は、Aランチがアジフライ定食で、Bランチが焼き魚定食。Cランチが鶏《とり》の唐揚げ定食だ。ご飯は白米か五穀米《ごこくまい》のどちらかを選べる。女性のお客様には、五穀米《ごこくまい》の方が人気だ。

お味噌汁《みそしる》の具は日替わりで、今日はナスとネギ。他に、どの定食にも小鉢の冷ややっこと新生姜《しんしょうが》のべっこう煮、ダシ巻き卵、キャベツとニンジンの浅漬《あさづ》けがつく。この副菜も日替わりだ。

十二時を少し過ぎると、近くの会社に勤めている人達がたくさん来店してくれる。うちは十三席しかないから、席が埋《う》まるのはあっという間だ。

ただ土曜日はお休みの会社も多いので、他の平日よりはお客様も少ない。

一人で注文を受け、料理を仕上げ、配膳《はいぜん》して、お会計をして、テーブルを片付けて、お待ちのお客様をお通しして……と、目の回るような忙しさ。

でも、お客様の「美味《おい》しい」という言葉と笑顔があるからやっていける。お会計の時に「今日も美味《おい》しかった」なんて言ってもらえると、それだけで疲れが吹っ飛んじゃう気がするよ。

そして今日も慌ただしく働き、最後のお客様のお会計を終えてもうそろそろ二時になるという閉店ギリギリの時間に、徳川さんが来店した。

徳川さん、普段は夜に来てくれるから、この時間に来店されるのは少々珍しい。

「いらっしゃいませ」

「こんにちは。まだ大丈夫？」

「えーっと……」

ちょうど店を閉めようかなあと思っていたので、返答に困ってしまう。

このあとは遅い昼食を食べて休憩をして、片付けや夜の仕込みを始めるつもりだった。けど、せっかく来てくれたのにお断りするのも悪いよね。

「私もご一緒することになりますが、それでもよければ……」

これから自分の昼休憩なのだと伝えれば、徳川さんは申し訳なさそうな顔をして、「邪魔してごめん」と言った。

「いえいえ、とんでもない。こちらこそお邪魔でなければ、どうぞ一緒に食べていって下さいな。あっ、今お出しできるのは焼き魚定食だけなんですけど、それでもいいですか？」

アジフライ定食と鶏《とり》の唐揚げ定食は売り切れてしまったのだ。

「元々焼き魚定食がいいなって思っていたから大丈夫だよ。ご飯は白米で」

「かしこまりました」

それじゃあと、徳川さんをテーブル席に案内する。

私が一人でまかないを食べる時はいつもカウンター席なんだけど、今日は徳川さんがいるからね。カウンターで隣同士になるより、向かい合って食べる方がいいかなあと思って、こちらにした。

（ふふっ）

徳川さんはいつもカウンターに座るので、テーブル席に座っているのがなんだか珍しくて、新鮮な感じがする。

「少々お待ち下さいね」

徳川さんにお水とおしぼりをお出しして、私は外の暖簾《のれん》を外しにいった。

それからカウンター内に入って、定食を仕上げる。

今日の焼き魚は、白ぐちの塩焼きだ。ぐちは東京ではイシモチとも呼ばれている魚で、クセのない上品な味わいの白身が美味《おい》しい、ちょうど今が旬《しゅん》のお魚だ。

焼き魚定食用の魚が余っているので、私の今日のまかないは徳川さんと同じ定食。先に焼いておいた白ぐちを二尾、フライパンで温め直す。フライパンにクッキングシートを載せ、その上に魚を置くのだ。

その間に、お盆に小鉢をセット。フライパンの焼き魚をひっくり返して両面温め、今度はご飯とお味噌汁《みそしる》を盛る。ご飯は、徳川さんが白米。私は五穀米《ごこくまい》が一膳分残っていたから、五穀米《ごこくまい》にする。白米も少し余っているけれど、これはあとでおにぎりにしておくつもりだ。

焼き魚が温まったらお皿に盛って、大根おろしと半分に切ったスダチを添《そ》え、お盆に載せる。

「お待たせしました」

二人分の定食をテーブルに運んで、席に着いた。

「「いただきます」」

あら、タイミング良く二人の声が揃った。私達は顔を見合わせ、くすっと笑う。

こうしてお客様と一緒に食べるのは、実は初めて。ちょっと緊張していたんだけど、今のでそれも吹き飛んだよ。

徳川さんは、今日も美味《うま》い、美味《うま》いと食べている。

その上、お魚を食べるのが上手で、綺麗に平《たい》らげてくれた。

相変わらず、料理人冥利《みょうり》に尽きる食べっぷりだ。

「ごちそうさまでした」

「お粗末さまでした」

まだ時間は大丈夫だと言うので、徳川さんに食後のほうじ茶を淹《い》れる。

それを二人で飲んでいたら、徳川さんが「そうだ」と話を切り出した。

「先日はありがとう。今日はその報告も兼ねてきたんだ」

徳川さんは昨日の夕飯に、さっそく私が渡した鶏肉《とりにく》を唐揚げにしたらしい。

いつもは食事の支度が済んでから秀哉くんを呼ぶそうなんだけど、昨夜は「少し手伝ってくれ」と言って、一緒に鶏肉《とりにく》に片栗粉をまぶしたり、お味噌汁《みそしる》や付け合わせのサラダを作ったりしたんだとか。

「相変わらず無言だったけどね。でも、頼んだことは手伝ってくれたし、なんだか楽しそうにしているようにも見えたんだ」

徳川さんは嬉しそうに話してくれる。

そして油がはねないように気をつけながら目の前で鶏肉《とりにく》を揚げると、秀哉くんはじいっと見入っていたらしい。

でき上がったあとは、カラッと揚がった唐揚げを、ふうふう冷ましつつ二人で味見したんだって。

二人がそうしてキッチンに立っているところを想像したら、なんだか心がほっこりした。

「秀哉のやつ、びっくりした顔をして、『おいしい』って言ってくれたんだ。とても小さな声だったけど、すごく嬉しかった」

「よかったですね」

上手くいったようで何よりだ。

私はにっこり笑って、作戦の成功を心から祝う。

初めて残さず食べてくれたよ。今朝も唐揚げを出したら、美味《おい》しそうに食べてくれた。朋美さんのおかげだ。本当にありがとう」

「いえいえ、どういたしまして」

余計なお世話にならなくて、本当によかった。

徳川さんは何度もお礼を言って、唐揚げの代金も払うと言ってくれたんだけど、その申し出は断った。あれはお裾分けだからね。

このままでは申し訳ないと言う徳川さんに、それならまた時間ができた時にでもお店に来て、いっぱい食べていって下さいと言ったら、笑って頷いてくれた。

そしてお会計後の帰り際。

「今日は朋美さんと食べられてよかった。もし迷惑じゃなければ、またこの時間に来てもいいかな?」

そう言われ、私はちょっと考えたあと、「もちろん」と頷いた。

いつも一人で食べていたけれど、昼食を徳川さんと食べるのは楽しかったのだ。

それに、秀哉くんとの仲に進展があったら聞きたい。

「また、来て下さいね」

お店の外まで出て、会社に戻っていく徳川さんを見送る。

「…………」

なんだかちょっぴり名残惜《なごりお》しい。

お客様を相手にこんな風に思ってしまうなんて、私、よっぽど楽しかったんだなあ。

（……さて、と）

頭を切り替えなくちゃ。

これから片付けをして、家事を済ませたら、夜の仕込みを始めよう。

頭の中で段取りを思い描きつつ、私は店の中に戻っていった。


それ以来、徳川さんは数日おきにお昼の閉店ギリギリの時間にお店にやってくるようになった。時には定食が全て売り切れてしまっていることもあり、そんな日にはまかないと同じものをお出しして、二人で食べる。

食べながら、徳川さんはよく秀哉くんの話をしてくれた。

昨日は何を食べてくれたとか、逆に、これを出したらまったく手をつけてくれなかったとか。

こんなことでちょっとした喧嘩《けんか》みたいになってしまったとか、今朝は笑顔が見れたとか。

九歳の甥っ子の言動に一喜一憂する徳川さんはなんだか微笑ましくて、応援したくなる。

　時たま、私は子どもが喜びそうな料理や、簡単なおやつのレシピを書いて徳川さんに渡した。

　徳川さんはいつも、それを嬉しそうに受け取ってくれる。

　私が渡したおやつのレシピは、休日などに実践しているらしい。

　秀哉くんも誘って、二人で一緒に作っているんだって。秀哉くんにも自分で作ったものを食べる喜びを知ってほしいのだとか。

　彼の話からは、甥っ子への惜しみない気遣いが窺《うかが》える。

　お母さんを亡くし、お父さんとも離れて暮らすことになった秀哉くんだけど、こんなに優しい叔父《おじ》さんが傍にいてくれて、せめてもの救いになっただろうなあって思う。

　そうして、一ヶ月ほど経った七月のある金曜日のこと。

　今日も閉店ギリギリにやってきて私と一緒に昼食を食べていた徳川さんが、食べている途中で「あの、朋美さん」と口を開いた。

「いつも相談に乗ってくれてありがとう。もしよかったら、今度の休みに家に遊びに来てくれないか？　お礼がてら、昼食をごちそうしたいんだ」

「えっ」

相談に乗っていると言うけれど、私はただ徳川さんの話を聞いて、たまに自分の考えを口にしているだけだ。

私の方も、徳川さんに料理の感想を聞かせてもらったりしている。彼は具体的に言ってくれるので、とてもためになっていた。

だから、そこまでしてもらわなくても……とやんわり断ったんだけど、徳川さんは引かない。

「秀哉も朋美さんに会いたがっているんだ」

「秀哉くんが……」

ううん、どうしよう……

話に聞く秀哉くんに会ってみたい、という気持ちはちょっとある。

だけど、いいのかなあ……？

だって、わざわざお礼をしてもらうほどのことはしていないもの。

それに秀哉くんだって、徳川さんは「会いたがってる」なんて言うけれど、本当かなあ？

そもそも、徳川さんは秀哉くんに、私についてどう話してるんだろう？

鶏《とり》の唐揚げを分けてくれた人？

よくごはんを食べに行く店の店長？

それだけの関係の人に、会いたいと思うもの？

「駄目……かな？」

うっ、徳川さんが捨てられた子犬みたいな顔でこっちを見ている。

彼の黒い瞳にじっと見つめられると、ひどく落ち着かない気持ちになってしまう。

表情は弱り切っているのに妙に目力があるというか、一度捕らえられると離れられなくなりそうな、危険な魅力を感じる。

「あ、あの……」

「朋美さん」

「……わ、わかりました。それじゃあお言葉に甘えて、お邪魔します」

結局、私は彼の視線に圧《お》されて頷いた。

とたん、徳川さんはニッと微笑む。

「ありがとう」

私はドキドキと高鳴る胸を必死に抑えた。

恰好良い人にじっと見つめられるのも、微笑まれるのも、どちらも心臓に悪い。

それにしても、徳川さんって本当に義理堅い人なんだなあ。

（お礼なんて、気にしなくていいのに……）

まあ、こうなったからには秀哉くんと会えるのを楽しみにしよう。

あと、徳川さんがどんなお家に住んでいるのかにも、興味がある。

(マンションに住んでるって聞いた覚えがあるけど、きっと素敵なお部屋なんだろうなあ)

というわけで、私は次の定休日に徳川さんのお家を訪ねることになったのだった。

三

青い空に真っ白い入道雲が浮かぶ、夏らしく暑い、七月のとある日曜日。

今日は徳川さんの家に遊びに行くと約束した日だ。

私は急いで家事を終わらせて、指定された時間の少し前に徳川さんのマンションを訪ねた。

今日は昼食をごちそうになるということで、十二時に来るよう言われている。

手ぶらでお邪魔するのも申し訳ないので、行きつけのケーキ屋さんに寄って手土産《てみやげ》を買っておいた。

徳川さんが秀哉くんと暮らしているマンションは、私の家や彼の会社があるオフィス街の二駅先と、けっこう近場にある。

　最寄駅からは歩いて十分ほどの距離だ。事前に教えられていた住所をナビアプリに入れて、その案内に従って歩いていたらすぐ見つかった。

「ここ……だよね」

　まだ新しい、十一階建ての高層マンション。一階のエントランス部分だけ外壁がレンガのような素材で造られていて、とってもお洒落《しゃれ》だ。

　さらにこのマンションはセキュリティがしっかりしているらしく、エントランスホールまでは入れるんだけど、そこから先はカードキーと暗証番号が必要なんだって。来客はホールにあるインターホンで連絡して、遠隔操作で扉を開けてもらうらしい。

　さすが社長さんの住むお家。徳川さんの会社、大きいもんな～と感心していた私はふと、自分の恰好に失礼がないか気になってしまう。

　今日は、お気に入りの白いワンピースに薄手の青いカーディガンを羽織《はお》ってきた。足元はヒールのあるサンダル。髪はゆるく編《あ》んで背中に垂らしている。

　……おかしくはない、と思うけれど、もっと良い服を着てくるべきだったかも。

　そう思ってしまうくらい、高級感のあるマンションだった。

　まあ、今更そんなことを言っても始まらない。私は観念して、エントランスホールに足を踏み入れた。中は冷房が効いていて、とっても涼《すず》しい。

「ふう……」

少し涼んで一呼吸置いてから、私はインターホンを操作した。教えられていた部屋番号を打ち込んで、呼び出しボタンを押す。

『はい、徳川です』

インターホンのスピーカー越しに、徳川さんの声が響いた。

『こんにちは、秋山です』

『こんにちは、朋美さん。今開けるね』

その直後、エレベーターのある通路に繋《つな》がる自動ドアが開く。

私はエレベーターに乗って、十階へ。このフロアの角部屋になっているところが徳川さん達の住まいだ。

部屋番号が間違っていないことを確認してから、扉の横のインターホンを鳴らす。するとすぐにがちゃっと扉が開いて、徳川さんが顔を出した。

(わっ……)

「いらっしゃい。道、迷わなかった?」

「はい、大丈夫でした。今日はお招きありがとうございます」

休日なので、徳川さんも私服姿だ。白い無地のTシャツの上に夏物の七分袖ジャケットを羽織《はお》り、下はスキニーデニムを穿《は》いている。

初めて見るスーツ以外の姿に、一瞬ドキッとしてしまった。

彼は腰の位置が高くて脚が長い。スタイルの良い人が着ると、シンプルな服がよりお洒落《しゃれ》に見える。

いつもとは雰囲気が違うけれど、徳川さんにとてもよく似合っていた。

さらに普段は後ろに流している前髪を下ろしているので、新鮮な感じがする。

「えっと……」

思わずじいっと徳川さんの前髪を見ていたら、彼は困ったように笑って、自分の前髪を押さえた。

「休みの日は下ろしてるんだ。変かな？」

「いえっ、あの、すごく素敵だと思います」

私は慌てて首を横に振る。

普段の髪型ももちろん恰好良いけれど、髪を下ろしているのも似合っていると思う。なんだか若く見えるし。

あっ、もしかして、だから仕事中は髪を上げているのかな？　若造と侮《あなど》られないようにとか？

「ありがとう。朋美さんにそう言ってもらえて、嬉しい」

（……っ）

徳川さんに微笑まれて、また鼓動が跳ねてしまう。

ううう、恰好良い人って本当に、心臓に悪いなあ……

「さ、中へどうぞ」

「お、お邪魔します」

私は徳川さんの案内で、広々としたリビングに通される。

一歩足を踏み入れた瞬間、私は目を見開いた。

(すごい……)

リビングには、趣味の良い家具や調度品が配置されている。まるでインテリア雑誌からそのまま切り取ったみたいな、お洒落《しゃれ》な部屋だった。

マンションの外観も素敵だったけど、中はもっと素敵だ。

「こちらへどうぞ」

促《うなが》され、私は革張りのソファに座った。

真っ白い革のソファは、座り心地がとても良い。うちのボロボロなローソファとは大違いだ。まあ、あのソファがボロボロなのは主にうちの猫達の爪のせいなんだけど。

「あ、そうだ。これケーキです。よかったら食後にでも」

そう言って持ってきていたケーキの箱を渡すと、徳川さんは「ありがとう」と笑って、さっそくケーキの箱を冷蔵庫に入れた。

キッチンはリビングの奥にあって、カウンター越しにリビングが見渡せるようになっている。

その逆もしかりで、こちらからキッチンの様子がよくわかる造りになっていた。

この造りといい広さといい、ファミリー向けのお部屋なのかもしれない。

そしてキッチンカウンターの傍には木目のダイニングテーブルと揃いの椅子が四つあるので、カウンター越しにお皿の受け渡しができそうだ。

我が家は店の厨房《ちゅうぼう》が家の台所を兼ねているから、こういうお洒落《しゃれ》なキッチンとダイニングスペースは憧れだったりする。

徳川さんは冷蔵庫から緑茶の入ったガラスポットを取り出すと、氷入りのグラスに注いで出してくれた。

それから彼は、「秀哉を呼んでくるね」と言って、いったんリビングから出ていく。

私はちょっと緊張しつつ出された冷たい緑茶に口をつけて、二人が来るのを待った。

(お言葉に甘えてお邪魔したけど、本当によかったのかな……？)

今になって、なんだか気後《きおく》れしてしまう。

そして数分後、徳川さんが男の子を連れて戻ってきた。

艶々《つやつや》の黒髪で、大きな黒縁《くろぶち》の眼鏡をかけた小柄な男の子。その幼いながらも整った造りの顔は、不機嫌そうに俯《うつむ》いている。

「お待たせ。この子が俺の甥《おい》の秀哉。こちらは俺がよくお世話になっている、秋山朋美さん」

徳川さんは私と秀哉くんの両方にそう紹介する。

「こんにちは。秋山朋美といいます。よろしくね、秀哉くん」

私はソファから立ち上がって、秀哉くんにお辞儀した。

「…………」

しかし秀哉くんは、むっつりと押し黙ったままだ。

どうやら、徳川さんが言っていた「秀哉くんが会いたがっている」は、やっぱり嘘だったようだ。

「こら、秀哉。ちゃんとご挨拶《あいさつ》しないと駄目だろう」

「……………こんにちは」

徳川さんに咎《とが》められ、ようやく小さな声で挨拶《あいさつ》を返してくれたものの、その目は明らかに本意ではないと語っている。

ううん、気まずい。

「じゃあ、さっそくお昼にしようか」

微妙な空気の中、そう言って流れを変えようとしたのは徳川さんだった。

彼に促《うなが》され、私達はダイニングテーブルに移動する。

私と秀哉くんが向かい合わせで椅子に座ると、徳川さんはキッチンから丸い寿司桶《すしおけ》を二つ持ってきた。大きなものが一つと、小さなものが一つだ。

大きな寿司桶《すしおけ》には高級なネタを始め、美味《おい》しそうなお寿司が品良く並んでいる。

そして小さな方の寿司桶《すしおけ》は秀哉くん用なのだろう、子どもが好みそうなネタが多く並んでいた。

（えっ）

私はテーブルの上に置かれた寿司桶《すしおけ》の、内側に書かれた店名を見てぎょっとする。

それは、有名な高級寿司店の名前だった。しかも見た感じ、このネタのラインナップは特上寿司なんじゃ……

「何にしようか迷ったんだけど、ここの寿司なら間違いないかなって」

三人分の割《わ》り箸《ばし》とお手《て》拭《ふ》き、お醤油《しょうゆ》の入った小皿にグラスをトレイに載せて運んできた徳川さんが、苦笑しながら言う。

「朋美さん、お寿司で大丈夫だった？　もし苦手なら他のものを……」

「いえっ、大丈夫です。大好きですのでっ」

慌てて言うと、徳川さんは「よかった」とほっとしたように微笑んだ。

正直、ここの特上寿司はいつか食べてみたいと思っていたものなので嬉しい。

ごちそうになっていいのかなあという気持ちもあるけれど、今更「やっぱり遠慮します」などと言ったらもっと失礼だろうし、ありがたくいただくことにした。

「それじゃあ、いただこうか」

寿司桶《すしおけ》の上にかかっていたラップをとって、徳川さんが言う。

「はい。ごちそうになります」

私は手を合わせて「いただきます」をした。徳川さんも、そして秀哉くんも小声ではあったが、「いただきます」と手を合わせてからお箸《はし》をとる。

しっかり「いただきます」をして手を合わせた秀哉くんに、私は好感を持った。

それに、お寿司が好きなんだろうなあ。無愛想なままだけど、一生懸命もぐもぐ食べているのが可愛い。

さて、私もお寿司をいただきますか。

(……ん、んん！　さ、さすが特上寿司。すごく美味《おい》しい！)

ウニなんて、とろっと甘くて、心もとろけそうだよ。

私は「はあ……っ」と幸せなため息を吐いて、冷たい緑茶を一口飲んだ。

「とっても美味《おい》しいです」

「よかった。俺も秀哉も、ここの寿司が一番好きなんだ。もちろん寿司屋の中で一番って意味で、俺の一番はとも……」

ブーッ、ブーッ、ブーッ！

徳川さんの言葉を遮《さえぎ》るように、バイブレーションの音が響く。

その発生源は、徳川さんのデニムのポケットに入ったスマートフォンだった。

徳川さんは「こんな時に……」と言いながら、スマートフォンを持って廊下に出ていく。

どうやらメールではなく、お電話らしい。

「……ごめん」

そして、徳川さんは戻ってくるなり私達に謝った。

「仕事でトラブルがあって、今から向かわなきゃいけないんだ。朋美さん、こちらから招待したのに、本当に申し訳ない」

「いえいえ、お気になさらないで下さい。私もすぐお暇《いとま》しますから」

お仕事ですもの、仕方ない。休日に呼び出されるなんて、よっぽどのトラブルなんだろうし。

「本当にごめん。秀哉も、留守番を頼むな」

「…………」

秀哉くんは無言のまま俯《うつむ》く。

唇を噛《か》み締め、項垂《うなだ》れている姿がとても寂しそうで、なんだか放っておけなかった。

「あ、あの。よかったら、私も秀哉くんと一緒にお留守番していましょうか？」

するると、徳川さんも秀哉くんも、驚いたような顔で私を見る。

「ご、ご迷惑でなければ……ですが」

我ながら図々《ずうずう》しい申し出だったと後悔していると、徳川さんはほっとした様子で「迷惑だなんて」と言った。

「朋美さんさえよければ、俺が帰ってくるまでここにいてもらえると助かる。でも、本当にいいの？」

「はい」

彼も、秀哉くんを一人で残すのは気がかりだったのだろう。

ありがた迷惑にならずに済みそうで、よかった。

「ありがとう。三……、いや、二時間で戻ってくるから。留守番、お願いします」

「はい。任されました」

「それじゃあ、よろしくお願いします」

徳川さんはリビングを出て身支度を済ませると、いったん戻ってきて「家の中のものは好きに使っていいから」と言って、会社に向かった。

「え、ええと。叔父《おじ》さんが帰ってくるまで、よろしくね？」

「……ふんっ」

秀哉くんに声をかけたところ、思いっきり視線を逸《そ》らされてしまった。

「誰がよろしくするかよ」みたいな顔してる。

一人残される秀哉くんが可哀相に思えて咄嗟《とっさ》に留守番を申し出てしまったけれど、よくよく考えたら初対面の大人と二人きりというのも気まずいよね。

失敗、しちゃったなあ……

「……あ、秀哉くん。サーモンとマグロが好きなの？」

それでもなんとか会話をしようと、私は秀哉くんに尋ねた。

秀哉くん用の寿司桶《すしおけ》には、サーモンとマグロが多めに入っていたのだ。

あと、玉子のお寿司と稲荷寿司《いなりずし》に、ねぎとろの軍艦《ぐんかん》、いくらの軍艦《ぐんかん》が並んでいる。

「…………」

「私もサーモンとマグロが好きなんだあ」

「…………」

だ、駄目だ。会話にならないよ……

その後も何度か話しかけてはみたものの、すべて無視されて、なんとも気まずい雰囲気の中、お寿司を食べることになった。

（はあ……）

沈鬱《ちんうつ》な昼食のあと、私は人様の家のキッチンで一人、寿司桶《すしおけ》とグラスを洗っている。

徳川さんの分のお寿司はお皿に取り分けて、ラップをして冷蔵庫の中に入れておいた。

秀哉くんはというと、リビングのソファに座って本を読んでいる。相変わらず、会話はない。

この調子で徳川さんが帰ってくるまでお留守番かあ……と思うと、ちょっぴり気が重かった。

でも、自分から請け負っておいて途中で放り出すわけにもいかない。

それに、自分の部屋に引き籠《こ》もらずに一緒にいてくれるあたり、秀哉くんも歩み寄ろうとしてくれているのかもしれないし。

「あ、そうだ。秀哉くん、ケーキを買ってあるんだけど、食べる？」

私はふと、手土産《てみやげ》として持参したケーキの存在を思い出した。

「…………」

秀哉くんは、無言だ。だけど、じいーっと見ていたら、小さくこくんと頷いて、読んでいた本を閉じた。

言葉を返してはくれないけど、応《こた》えてはくれたようだ。

「それじゃあ、用意するね」

洗い物を拭《ふ》いて、冷蔵庫からケーキの箱を取り出す。

「うーん、お皿とフォークはどこかなあ？」

なんてわざとらしく声を出すと、秀哉くんが無言でキッチンにやってきて、食器棚と引き出しから白いお皿と銀色のフォークを二組出してくれた。

「ありがとう、秀哉くん」

「………」

お礼を言ったら、彼は無言でぷいっとそっぽを向いた。

「秀哉くん、飲み物は何がいい？」

尋ねると、秀哉くんは冷蔵庫を開けて牛乳パックを取り出す。

そしてマグカップと一緒にリビングのソファの方に持っていった。

「牛乳ね、わかった。私にも飲ませてくれる？」

秀哉くんは、また無言で頷く。

ふふっ、なんだか警戒心が強い猫みたい。素《そ》っ気《け》ない態度もだんだん可愛らしく思えてきたよ。

私はお皿にケーキを載せてフォークを添《そ》えた。残りのケーキは再び箱ごと冷蔵庫に。

それから自分用のマグカップを一つ借りて、トレイに載せてリビングに運ぶ。

「はい、お待たせ」

「あっ」

テーブルにケーキを運ぶと、秀哉くんは小さく声を上げた。

「猫だ……」

その視線は、まっすぐケーキに向けられている。

今日私が買ってきたのは、猫の顔の形をしたケーキだ。半球のケーキにデフォルメされた猫の顔が描かれ、さらにチョコレートでできた三角形の耳もついている。

このお店は猫をモチーフにしたケーキやお菓子を色々と取り扱っていて、猫好きの間では有名なお店だった。もちろん、可愛いだけじゃなくて味も良い。

まあ、完全に私の趣味で選んでしまったケーキだったんだけど、どうやら秀哉くんは気に入ってくれたみたい。キラキラした眼差しでじっとケーキを見ている。

「かわいい……」

（あら？）

意外な好反応に、私はもしかして……と思った。

「秀哉くん、猫好き？」

「……うん」

尋ねれば、秀哉くんはこくんと頷いた。

それならと、私は鞄《かばん》からスマートフォンを取り出す。そして写真のフォルダを開いてうちの猫達の写真を表示し、秀哉くんに見せた。

「これ、うちで飼っている猫だよ」

「うわあっ！」

案の定、秀哉くんは食いついてきた。

スマートフォンの画面をじっと見て、「かわいい」と呟く。

その反応が嬉しくて、私は他の写真も見せてあげた。愛猫家にとって飼っている猫を褒《ほ》められるのは、自分を褒《ほ》められるよりも嬉しいことなのだ。

「かわいい！」

でしょう！　秀哉くん、わかってる！

私の中で、秀哉くんの株がうなぎ登りだ。

「この、間抜けな可愛い顔で寝ているのがトラ猫のトラキチ。こっちのお腹丸出しで転がっているのが黒猫のクロスケで、キリッとした顔で写ってるのがハチワレ猫のハチベエだよ」

「トラキチ、クロスケ、かわいい。ハチベエは、かっこいい！」

一通り写真を見たあとも、それまで微妙な雰囲気だったのが嘘のように、二人でケーキを食べながら猫トークで盛り上がる。

「猫がさ、丸くなって寝てるのも可愛いけど、だらーんと伸びて寝てるのも最高に可愛いよね」

「わかる！」

猫のこういうところが好き！　とか、何猫が一番好き、とか。まあ最終的には、「やっぱりどんな猫も可愛いよね」になっちゃうんだけど。だって器量良しの美猫も、ぶちゃ猫も、デブ猫だって、みんなそれぞれ可愛いから！

猫トークの一方で、秀哉くんは自分のことも話してくれた。

秀哉くんはずっと猫を飼いたいと思っていたものの、亡くなったお母さんが猫アレルギーで、飼えなかったんだって。

そんなわけで自分の家では飼えなかったけど、前の学校で仲の良いお友達が猫を飼っていたから、よく学校帰りに遊びに行っていたんだとか。

でも、こちらに引越してきてからはまだそこまで仲の良いお友達がいない。猫を飼っている子はいても、「遊びに行っていい？」なんて聞けなくて、猫が恋しかったそうだ。

秀哉くんは、前の町にいた時のお友達と猫と一緒に撮《と》った写真や、お父さんに買ってもらったという猫の写真集を見せてくれた。猫の写真を見せてくれたお礼らしい。

もう、いじらしいやら可愛いやらで、私はすっかり秀哉くんのことが好きになった。

そして私達は、二時間ほどして急いで帰ってきた徳川さんがびっくりするくらい、「仲良しの猫友達」になったのだった。

四

徳川さんのマンションにお邪魔してから四日後の木曜日。

いつもと同じ、ランチ営業終了ギリギリの時間に彼が来店した。

「いらっしゃいませ、徳川さん」

「こんにちは、朋美さん。先日は本当にありがとう」

徳川さんと顔を合わせるのは、日曜日以来のこと。

こちらこそ先日はごちそうになりましたとお礼を言って、定位置となったテーブル席にお通しする。

「今日は豚の生姜焼《しょうがや》き定食と、お刺身定食が残ってますよ」

もう一種類のエビフライ定食は完売してしまっているので、この二つから選んでもらうことになる。

徳川さんは少し考えたあと、「刺身定食で」と答えた。

今日の定食のお刺身は、アジ、カンパチ、イカの三種で、お味噌汁《みそしる》はワカメと油揚げ。

そこに冷ややっこ、ダシ巻き卵、つるむらさきのごま和《あ》え、ナスのお漬物がつく。

私の方は、豚の生姜焼《しょうがや》き定食にすることにした。ちょうど一食分残っていたのだ。

メイン以外の副菜はお刺身定食と同じ。二人分のお盆を用意して、テーブルに着く。

「ん～、美味《うま》い。やっぱり朋美さんの作る味噌汁《みそしる》はいいね」

真っ先にお味噌汁《みそしる》を口にした徳川さんが、そう褒《ほ》めてくれた。

徳川さんは必ず「美味《おい》しい」って言って食べてくれるから、本当に作り甲斐《がい》がある。

「ありがとうございます」

微笑んで、私もお味噌汁《みそしる》を一口。うん、良いお味。

美味《おい》しそうに食べてくれる人と一緒に食べるごはんは、いつも以上に美味《おい》しく感じられた。

定食を食べながら、私達は雑談に花を咲かせる。

徳川さんが今日まで顔を出せなかったのは、お仕事が忙しかったからみたい。

早く仕事を片付けて、この店に来たかったと言われて、とても嬉しかった。

同時に、徳川さんの食生活がちょっと気になる。秀哉くんの分はきちんと用意しているそうなんだけど、仕事が忙しい時、徳川さんは自分の食を疎《おろそ》かにしがちなようなのだ。

コンビニのおにぎりやパン一つで済ませたりとか、食べなかったりとか。

これから先、ますます暑さが厳しくなる。スタミナアップや疲労回復に効果のある食材をもっと店のメニューに取り入れようかな……なんて思った。

この時期は、夏バテしてしまう人も多いからね。

今日の徳川さんはちゃんと食欲もある様子なので、その点は安心なんだけど。

「そういえばね、秀哉が……」

そして、話題は秀哉くんのことに移った。

先週の日曜日、私が帰ったあと、秀哉くんは私とどんな話をしたかとか、猫の写真が可愛かったとか、嬉しそうに話してくれたんだって。

「すっかり朋美さんのことが気に入ったみたいだ」

「ふふっ、嬉しいです」

「おかげで、あの子との距離がさらに近付いた気がするよ。ありがとう、朋美さん」

「いえいえ、そんな」

自分の好きな話で盛り上がっただけですから。

「実は、秀哉がまた朋美さんに会いたいって言うんだ。それから、朋美さんの飼っている猫達にも会いたいって」

「あら……」

そういえば、私と話していた時にも「会いたいなあ……」って呟いていたっけ。

その時の、ちょっと寂しそうな姿が思い出されて、私は思わず口を開いていた。

「あの、もしよかったら、秀哉くん、家に遊びに来ませんか？」

「えっ」

「徳川さんと、秀哉くんさえよければ……ですが」

「それは、願ってもないことだけど、本当にいいの？　迷惑じゃ……」

「迷惑だなんて。秀哉くん、とっても良い子ですもの。家の猫達もきっと喜ぶと思いますし、私も嬉しいです」

うちの子達はみんな人懐《ひとなつ》っこいし、秀哉くんは猫への接し方も心得ている様子だったから、お互いに楽しい時間を過ごせるんじゃないかな。

「さっそくですが、今週の日曜日とかどうでしょう？」

「………」

私の提案に、徳川さんが押し黙る。

さすがに急すぎたかしらと焦っていたら、彼がぽつりと呟いた。

「秀哉、だけ？」

「えっ？」

徳川さんはじっと私を見つめる。

その訴えかけるような眼差しにドキッとしつつ、私は妙な既視感《きしかん》を覚えた。

これは……そうだ！　拗《す》ねた時のトラキチの顔に似ているんだ。

うっかり他の猫ばかりを構ってしまった時の、咎《とが》めるような眼差し。そして、自分も甘えたいと無言で主張する顔にそっくり。

……って、もしかして徳川さん、拗《す》ねているの？

私が秀哉くん一人を家に誘ったから？

だけど、猫に会いたいって言っているのは秀哉くんだけだし……ああでも、保護者の徳川さんも一緒に誘うべきだったのかな？

（徳川さんも、こんな顔するんだ……）

意外で、なんだか可愛い。

私は不覚にも、キュンとときめいてしまった。徳川さんも拗《す》ねるんだなあって、微笑ましく感じてしまう。

大人の男の人にこんなことを思ってしまうのは失礼かな……なんてドキドキしていたら、徳川さんがふっと笑って「ごめん」と言った。

「秀哉が羨《うらや》ましくて、つい。変な態度をとって悪かった」

「いえいえ」

こちらこそごめんなさい。拗《す》ねる徳川さん、可愛いなって思っちゃいました。

そして私は、改めて徳川さんもお誘いする。

「徳川さんも、もしよろしければご一緒に」

「ありがとう、朋美さん。ぜひ俺も一緒に……と言いたいところなんだけど、秀哉だけお願いできるかな。日曜日は午後から取引先との予定が入っていて」

まあ、そうだったんですね。

先週も急に呼ばれていたし、お仕事大変なんだなあ。

「でしたら徳川さんがお留守の間、私が秀哉くんを見ていますね」

「ありがとう、本当に助かるよ」

というわけで今週の日曜日、我が家に秀哉くんが遊びに来ることになった。

また秀哉くんに会えるの、楽しみだなあ。


あっという間に時間は過ぎて、約束の日曜日。

この日も急いで家事を終わらせてお昼ごはんを済ませると、午後一時過ぎに徳川さんと秀哉くんがやってきた。

徳川さんはここまで秀哉くんを車で送って、その足で取引先に向かうらしい。

家のコンクリート塀《べい》の向こうに、黒い車体が見える。

「こんにちは、朋美さん」

「こんにちは、徳川さん、秀哉くん。ようこそいらっしゃいました」

「こんにちは……」

徳川さんの後ろからひょっこり顔を出した秀哉くんが、おずおずと挨拶《あいさつ》をしてくれる。

うーん、初対面の時と比べると随分な進歩だ。

「今日はお誘いありがとう。これはお礼に……」

そう言って、徳川さんが持っていた紙袋を私に手渡してくれる。

その紙袋には、名の知られた和菓子店のロゴが描かれていた。

「そんな、お気遣いなく……」

「いやいや。朋美さん、前に水ようかんが好きだって話してくれたろう？　ここの水ようかん、俺の一番のお気に入りなんだ。美味《おい》しいから、ぜひ食べてほしくて」

そういえば、いつだったか好きな和菓子の話を徳川さんとした記憶がある。

あの時のこと、覚えててくれたんだ。嬉しいな……

「ありがとうございます」

「どういたしまして。むしろ、こちらこそありがとう。本当に助かる。六時ごろには迎えに来られると思うから、それまで秀哉のこと、よろしくお願いします」

徳川さんはそう言って、私に頭を下げた。

「わかりました。秀哉くんをお預かりします」

何かトラブルがあった時のために、お互いの連絡先も交換してある。

徳川さんがお仕事の間、秀哉くんは私がしっかり見ていますね。

「それじゃあ。秀哉、朋美さんの言うことをよく聞いて、良い子にしてるんだぞ」

こくんと頷いた秀哉くんの頭を優しく撫《な》でて、徳川さんは踵《きびす》を返す。

「いってらっしゃい。お仕事頑張って下さいね」

私がそう声をかけると、こちらに背を向けていた徳川さんがはたと足を止め、振り返った。

「徳川さん？」

彼は何故か口元を手で覆《おお》っている。どうしたんだろう？

「いや、なんかいいな……と思って。奥さんに見送られる旦那さんって、こんな気分なんだろうな」

「奥さっ……！」

私が⁉　そ、そして徳川さんが旦那さん⁉

思いがけない言葉にあたふたしていたら、彼はくすくすと笑い出した。

ひ、ひどい。私、からかわれたんだ。

むっと眉を寄せると、徳川さんは笑うのをやめて、「ごめん」と謝ってくる。

もう。本当にびっくりしたんですからね。

「変なことを言って悪かった。それじゃあ……いってきます」

彼は今度こそ、家の前に停めた車に乗り込む。

私は秀哉くんと一緒に仕事へ向かう徳川さんを見送って、家に入った。

秀哉くんは、ちゃんと自分が脱いだ靴を揃えてから、「おじゃまします」と言って中に足を踏み入れる。とってもお行儀が良い。親御さんや、徳川さんの躾《しつけ》が行き届いているんだろうなあ。

「猫達は二階にいるよ」

私は秀哉くんを、猫達がいる二階のリビングに案内した。

「……っ！　いた……！」

リビングの扉を開いた瞬間、ソファのそれぞれ定位置にいた猫達の姿を見つけた秀哉くんが、控えめな歓声を上げる。

「ンナーオ」

初めて目にする小さなお客様に、最初に興味を持ったのはトラキチだった。

ソファから下りて、秀哉くんの足元にすりっと擦《す》り寄り、ふんふんと鼻を動かす。

「わ、わあ……！」

ふふふ、秀哉くん、喜んでる喜んでる。

それから他の二匹も秀哉くんの傍に近寄ってきた。秀哉くんはそっと猫達に手を伸ばし、そのふかふかの毛並みを撫《な》でて喜びに打ち震えている。

いやあ、こんなに喜んでもらえると嬉しいなあ。

「あ、あの。これで遊んでいいですか？」

猫達を撫《な》で終えた秀哉くんが、自分のリュックから真新しい猫じゃらしを取り出した。

会うのはこれが二回目のせいか、ややぎこちない物言いが可愛い。

わざわざおもちゃまで用意してきてくれたんだね。

「うん、もちろん。ただ、けっこう激しくじゃれついてくるから気をつけてね」

「はいっ！」

うちの猫達はみんな猫じゃらしで遊ぶのが好きで、大興奮で飛びかかってくる。その分、ボロボロにしちゃうのも早い。

だから普段は安物で遊んでいるけれど、秀哉くんが持ってきてくれたのは鳥の羽がついたタイプの猫じゃらしで、ちょっとお高そう。

そして、鳥の羽効果はすさまじかった。

「ニャアアア！　ニャアアア！」

秀哉くんが華麗に操《あやつ》る猫じゃらしに、猫達は目の色を変えて飛びつく。

「あははは！」

秀哉くんも慣れたもの。すんでのところでひらりと方向を変え、猫達を翻弄《ほんろう》する。

「ンナッ、ンナッ！」

「ニャアアア！」

「ほら、こっち！」

秀哉くんも猫達も、みんな楽しそうだ。

（可愛いなあ……）

微笑ましく思いながら、しばらく秀哉くん達を眺める。やがて私は、おやつと飲み物を用意しに一階の厨房《ちゅうぼう》へ下りていった。

おやつは、あらかじめ作っておいたものと、徳川さんからいただいた水ようかんを出そうと思う。

飲み物は麦茶でいいかな。ジュースもあるけど、おやつに合わせるならお茶の方がよさそうだ。もしジュースの方がいいと言われたら、また取りにくればいいよね。

大きめのトレイに載せて、二階に運ぶ。

「秀哉くん、おやつにしようか」

猫達と遊んでいる秀哉くんにそう声をかけると、彼はこくんと頷いて、持っていた猫じゃらしを手放した。

すると、ようやく観念したかとばかりに、猫達が鳥の羽をペシペシと叩く。

秀哉くんはそんな猫達を眺めて笑いつつ、ローテーブルの前に座った。

「牛乳寒天と水ようかんなんだけど、食べられるかな?」

私が用意したおやつは、缶詰のミカンがたっぷり入った牛乳寒天。

ガラスの小皿に盛った牛乳寒天の横には、徳川さんにいただいた水ようかんも添《そ》えてある。

牛乳寒天は我が家の定番おやつだ。でも、秀哉くんにはアイスとかシャーベットとかの方がよかったかもしれない。

水ようかんも、私は好きなもののちょっと渋いかなあ？

しかし、秀哉くんは頷いてくれた。

「食べられます」

「飲み物は麦茶でいい？」

「はい」

私は氷入りのグラスに麦茶を注ぎ、秀哉くんに手渡した。

「ありがとうございます。いただきます」

秀哉くんは手を合わせてから、フォークで一口サイズに切り取った牛乳寒天をぱくりと口にする。

「……！　おいしい！」

「よかったあ」

お口に合ったようで何よりだ。それにしても……

「ふふっ」

食べている時の秀哉くんの「おいしい！」って顔、徳川さんにそっくり。

顔立ちも似ているもんね。叔父《おじ》さんと甥《おい》っ子って、こんなに似るものなんだなあ。

「う？」

「ううん、なんでもないの」

私は笑って誤魔化して、いただいた水ようかんを口にする。

（うーん、美味《おい》しい……）

とろけるような口当たりと、小豆《あずき》の上品な甘さが素晴らしい。

徳川さんが「一番のお気に入り」と言うだけあって、今まで食べてきた水ようかんの中で一、二を争うお味だった。

それから麦茶を一口飲んで、今度は牛乳寒天を口にする。

水ようかんに比べたら素朴《そぼく》な味わいだけど、我ながら美味《おい》しくできていると思う。

多めに作っておいたし、お土産《みやげ》に持っていってもらおうかな。前に牛乳寒天をお店で出した時、徳川さんも「美味《おい》しい」「懐《なつ》かしい」って言って食べてくれたから。子どものころ、お母さんがよく作ってくれたんだって。

（……っと、そうだ）

ここにいない徳川さんの顔が浮かんだ時、私はあることを思い付いた。

「ねえ、秀哉くん。よかったら、今日は私と一緒に夕ごはんを作らない？」

「夕ごはん？」

「そう。この家で、私達が作った夕ごはんを叔父《おじ》さんと一緒に三人で食べるの。どうかな？」

徳川さんも、仕事が終わって、秀哉くんを迎えにきたあとに家に帰って夕飯の支度をするのでは大変だろうなと思ったんだ。

ただ急な話なので、徳川さんに断られる可能性もあるけどね。夜は外食する予定があるとか、食材をもう用意してあるということも考えられるし。

まあ、もし断られたら、その時は作った料理だけ持っていってもらおう。

あ、でもその前に秀哉くんの返事だよね。面倒くさいから嫌かもしれないし。

「やる！」

しかし予想に反して、返ってきたのはやる気に満ちた答えだった。

「夕ごはん、作る！」

「よし。それじゃあ、あとで一緒にお買い物に行こうか」

「うん！」

秀哉くんの目がキラキラしてる。提案してみてよかったなあ。

(ふふっ。お夕飯、何にしよう)

喜んでいる秀哉くんを見ていると、なんだか私まで嬉しくなってきちゃう。

私は頭の中にあれこれとメニューを思い浮かべつつ、残りのおやつを頬張った。

その後、また猫達と遊んでから、私と秀哉くんは少し歩いた先にあるスーパーへ、足りない食材を買いに行った。

夕飯の件は一応、徳川さんにメールでお伺いを立ててある。

サプライズで驚かせるというのも考えたけど、もし徳川さんの方ですでに夕飯の予定を決めていたとしたら、やっぱり迷惑だろうなあと思ったから。

メールの返事はすぐにきた。最初は「そこまで迷惑をかけるわけには」と遠慮されたものの、秀哉くんがぜひにと言っていると返したら、「それじゃあ、ありがたく甘えさせてもらいます」と受け入れてもらえたのだ。

メールを見た秀哉くん、とっても嬉しそうだったなあ。

ちなみに今夜のメニューは、秀哉くんリクエストのカレーに決まった。せっかくなので、夏野菜をたっぷり使ったカレーにしようと思う。

それからサラダと、デザートも作るつもり。

「さて、それじゃあ作ろうか」

「うん！」

買い物から帰って、ちょっと休憩したら、夕飯作りスタート。

秀哉くんは、学校の調理実習や先月行った宿泊体験学習で、カレーを作ったことがあるらしい。

それに最近は、よく徳川さんのお手伝いをしたり、一緒におやつを作ったりしているのだとか。

　私達は料理をしつつお話もする。

「叔父《おじ》さんのごはん、美味《おい》しい？」

「……ママのとちがうから、最初はいやだった。魚や煮物は、あんまり好きじゃないし。野菜も、苦いの多いし……。でも最近は、おいしいの作ってくれる。ハンバーグとか。この間は、ロールキャベツ作ってくれた」

　和食が口に合わないいんじゃないかっていう私の推測は、やっぱり当たっていたようだ。だけど最近は美味《おい》しいと、ちょっぴり照れ臭そうに言う秀哉くんを見て、徳川さんの努力が報《むく》われていることを知り、嬉しい気持ちになる。

「そっかあ。それじゃあ、秀哉くんも叔父《おじ》さんに喜んでもらえるといいね」

「うん」

　頷いた秀哉くんは、そのあとも張り切ってお手伝いをしてくれた。

　そして夕食を作り終わり、再びリビングで猫達と遊び始めてしばらく経つと、約束の時間ぴったりに、徳川さんが家に来た。

「いらっしゃいませ。どうぞ中へ」

「ありがとう。こちらにお邪魔するのは初めてだね。ちょっと緊張するな」

「古いだけの家ですよ」

一応掃除はきちんとしているけれど、徳川さんのお洒落《しゃれ》なマンションに比べたら月とスッポンだ。

「ぼく、ここ好き！」

「ありがとう、秀哉くん」

スッポンとはいえ、慣れ親しんだ愛《いと》しい我が家なので、秀哉くんにそう言ってもらえて嬉しい。

私は笑って、二人を一階のダイニングに案内した。

厨房《ちゅうぼう》のすぐ隣にあるダイニングには、両親と暮らしていたころから使っている年季の入ったダイニングテーブルが置かれている。椅子は四つで、いつも私が座っている席の向かい側に徳川さん、その隣に秀哉くんと、並んで座ってもらうことにした。

「カレーを温めるので、少々お待ち下さいね」

「ああ、やっぱりカレーだったんだ。家の外にも匂いがしてたよ」

楽しみだなあと、徳川さんは笑う。

わかります。カレーって、何とも食欲をそそる良い匂いがしますもんね。

「朋美さん、ぼくも手伝う」

秀哉くんがお手伝いを申し出てくれたので、二人で隣の厨房《ちゅうぼう》へ。

お皿にご飯を盛って、そこに温めたカレーをたっぷりかける。

カレーの具は豚肉、ニンジン、タマネギ、ナス、トマト、ズッキーニ。カレールウは、秀哉くんがいつも食べているという中辛のものを使った。そこに隠し味で、蜂蜜《はちみつ》と擦《す》りおろしたリンゴも加えている。

サラダは、キャベツ、ニンジン、コーンのコールスローサラダ。

それからデザートとして、トマトのシャーベットも作ってあった。

これはトマトジュースと砂糖、レモン汁を混ぜて凍らせただけの簡単メニュー。口の中がさっぱりするので、口直しにもちょうどいい。

「それじゃあ秀哉くん、テーブルに運んでね」

「わかった」

スプーンとお箸《はし》、そしてサラダ用の取り皿を秀哉くんに持っていってもらう。

私はカレーとサラダを運び、もう一往復して飲み物の麦茶とグラスを運んだ。

ちなみに猫達のごはんは、徳川さんが来る前に済ませてある。

「美味《おい》しそうだね」

テーブルの上に並んだカレーとサラダを見て、徳川さんは嬉しげに破顔《はがん》した。そんな叔父《おじ》さんに、秀哉くんが主張する。

「このナス、ぼくが切った！　それから、ニンジンと、ズッキーニも」

「おお、そうか。すごいなあ、上手だな」

「ふふん」

少し大袈裟《おおげさ》なくらいに褒《ほ》める徳川さんと、その言葉を受けて得意気な秀哉くん。

まるで本当の親子みたいで、とっても微笑ましい。

「それじゃあ、食べましょうか。いただきます」

私がそう言って手を合わせると、二人も手を合わせて「いただきます」と言った。

ではさっそく、私と秀哉くんの力作、夏野菜カレーを一口。

「うん、美味《おい》しい」

カレーのピリッとした辛さと、野菜の甘みが良い具合に溶け込んでいる。

「ああ、すごく美味《おい》しいよ」

「へへー！　大成功！」

私と徳川さんの感想に、秀哉くんは満面の笑みでピースサインだ。

そしてぱくぱくと食べる合間合間に、今日猫達とどんな風に遊んだか、猫達がいかに可愛いかを、徳川さんに力説する。

「それでね、クロがね。あと、トラが」

「クロ？」

「ウチの猫です。黒猫がクロスケ。ハチワレ猫がハチベエ。トラ猫がトラキチって言いまして」

私の説明に、秀哉くんが元気いっぱいに付け加えた。

「ハチは一番のお兄さんなんだよ。優しくて、カッコイイの！」

「へえ。俺も会ってみたいなあ」

「猫達は二階にいるので、あとでご紹介しますね」

「ありがとう。嬉しいよ」

「いえいえ」

私も嬉しいですから。

この家で、こんなに賑《にぎ》やかな食卓を囲んだのは何年ぶりだろう。

もし私が結婚して子どもを産んでいたら、こういう生活を毎日送っていたのかな。

ふいに、もう乗り越えたはずの寂しさが胸を掠《かす》める。

そして、自分がこの先結婚したら、こんな時間を当たり前みたいに持てるのかなあ、とも思った。

これまでは想像がつかなくって、遠い世界のことみたいに感じていた一家団欒《いっかだんらん》……それに似た光景が今、自分のすぐ傍にある。

少し落ち着かないような、でもとても居心地がいいような、矛盾した感情が胸の中に生まれる。

だけど、決して嫌な気持ちではなかった。

家に遊びに来て以来、秀哉くんはすっかりうちの猫達が気に入ったようだ。

あの日は帰ったあとも大興奮だったらしく、「あんなにはしゃいだ秀哉を見るのは初めてだったよ」と、徳川さんが後日、嬉しそうに話してくれた。

それからというもの、秀哉くんは度々我が家に遊びに来るようになった。

秀哉くんはキッズ用の携帯電話を持っていて、遊びに来る時には事前にお伺いの連絡をしてくれる。夏休み中はお店の定休日である日曜日だけ、徳川さんと二人で遊びに来ていたけれど、休みが明けてからは平日の学校帰りにも遊びに来てくれた。

実は、平日は徳川さんが帰ってくるまで一人でお留守番していると聞いて、それなら私の家で待っていたらいいと、こちらから誘ってみたんだ。

私は店のことがあるのであんまり構ってあげられないけど、それでもあの広いマンションの部屋に一人きりよりはいいんじゃないかなって。徳川さんの会社も近いし、猫達もいるしね。

我が家にやってきた秀哉くんは二階のリビングで宿題をして、猫達と遊ぶ。ちょくちょくおやつやおもちゃを持参してくれるので、猫達は大喜びだ。

ちなみに徳川さんも、秀哉くんを迎えに来る時に「いつもお世話になって……」とお菓子を差し入れてくれることが多い。

それらのお菓子はとっても美味《おい》しくて、猫達だけじゃなくて私も大喜びだったりする。

そんなわけで、大体夜の六時過ぎに徳川さんが迎えに来て、お店で夕飯を食べていく。

徳川さんが仕事で遅くなる場合には連絡が来るので、そういう日は秀哉くんだけ先に、ダイニングで夕飯を食べていってもらう。

お店の定休日に遊びに来てくれた時には、そのまま三人で食卓を囲むことも多いかな。

猫達のおかげか、秀哉くんは初めて会った日の仏頂面《ぶっちょうづら》が嘘みたいに、たくさん笑うようになった。

徳川さんに対してもだいぶ心を開いたのか、徳川さんの家での様子や、褒《ほ》められて嬉しかったこと、作ってもらった料理が美味《おい》しかったこと、一緒にお風呂に入ったこと、徳川さんの失敗談なんかも、楽しそうによく話してくれる。

徳川さんの方も、秀哉くんが心を開いてくれるようになったことで、かなり気持ちが楽になった様子だった。

お仕事に追われて忙しそうな時でも、やる気が漲《みなぎ》っている……というか、とても活き活きして見えるんだ。

やっぱり、一緒に暮らしている家族との関係が上手くいっているかどうかって、色々な面に影響してくるよね。

私も、中学生の時に両親と大喧嘩《おおげんか》して、一週間くらいろくに口をきかなかったことがあった。

その時は勉強も部活も、何をやっても不調で……

だけどちゃんと仲直りして元の生活に戻ってからは、自然と上手くいくようになったんだよね。

家っていうのは本来、落ち着いて過ごすことができる「自分の居場所」なんだと思う。ところが、一緒に過ごす家族とギスギスしてしまうと、とたんに落ち着けない、安らげない場所になってしまう。

同居したてのころの徳川さんと秀哉くんは、きっとそんな風に、居心地の悪い生活を送っていたんだろう。

でも、今は違う。

お店のカウンターに並んで一緒に夕飯を食べる二人の姿は、まるで本当の父子《おやこ》みたいで、とても自然だ。

私はそんな二人の変化が、自分のことのように嬉しかった。

徳川さんと秀哉くんを見ていると、なんだか胸がじんわりと温かくなる。

（二人が仲良くなって、本当によかった）

五

夏が過ぎ、季節は秋へ移り変わっていた。

最近では、ランチ営業後の時間に徳川さんと二人でお昼ごはんを食べるのがすっかりお馴染《なじ》みになっている。

といっても、徳川さんも忙しい人だから、毎日来られるわけじゃない。

だけど、私はこの時間が楽しみになっていて、ランチ営業の終わりの時間が近付くと「今日は徳川さん来られるかなあ」と、ソワソワと入り口を気にするようになった。それで、彼が来られなかった時はちょっぴり寂しく思ってしまうのだった。

秀哉くんを迎えに来る時に、よく顔を合わせているのにね。

(さて、今日は……)

残っていた最後のお昼のお客様を見送り、暖簾《のれん》を回収しようかと戸に視線を向ける。

すると、タイミング良く戸が開いた。

「こんにちは、朋美さん」

「いらっしゃい、徳川さん」

ちょうど「今日はいらっしゃるだろうか」と思っていたところで現れた彼に、自然と笑みが深まる。どうやら、今日は一人寂しくお昼を食べずに済みそうだ。

「お先に席へどうぞ」

私は彼と入れ違いに外へ出て暖簾《のれん》を回収し、お店を閉めた。

今日は、Bランチの里芋コロッケ定食とCランチの大葉ハンバーグ定食が残っている。

徳川さんはBランチを、私はCランチを選んだ。ご飯は、今日は二人とも白米だ。

お味噌汁《みそしる》の具はしめじとお豆腐で、小鉢はチンゲン菜のおひたし、刻み昆布《こんぶ》とニンジンの煮物、それからダシ巻き卵とキャベツの揉《も》み漬《づ》けがついている。

「美味《うま》い」

里芋コロッケを口にした徳川さんが、幸せそうに相好《そうごう》を崩す。

外側はカリッ、中はもちっとした食感の里芋コロッケは私の自信作だ。

徳川さんの反応が嬉しくて、私もにこにこ笑ってしまう。

「朋美さんの里芋コロッケ、この時期になると無性に食べたくなるんだ。今日あってよかった。すごく美味《おい》しいよ」

「ありがとうございます」

里芋が旬《しゅん》を迎えるこの時期、私はよく里芋コロッケをメニューに加えている。

だけど、徳川さんがそんな風に思ってくれていたとは知らなかった。

いつでも作ってあげられるように、今度、里芋を多めに仕入れておこうかな？

（あ、そうだ）

「徳川さん、他にも食べたいメニューはありますか？」

今後のメニューの参考にさせてもらおうと聞いてみると、徳川さんは「そうだなあ……」と考え込んでから、次々と料理名を挙げていった。

私は慌ててエプロンのポケットからメモ帳を取り出し、書き込んでいく。

「ふふっ。いっぱいですね」

「秋は好きな食材が多くてね。それに、朋美さんの料理はとても美味《おい》しいから」

「まあ、ありがとうございます」

「あとは……、大葉ハンバーグも気になるかな。実は、ギリギリまでどっちにするか迷ったんだ」

「あら、そうだったんですね」

ただ残念なことに、大葉ハンバーグは今私が食べている分で最後だった。

里芋コロッケの方なら夜にも出そうと思っていたから、下拵《したごしら》えしておいた分が残っているんだけど……

「あの、もしよかったら半分食べますか？」

「えっ」

「お嫌でなければですけど」

すでに私がお箸《はし》をつけてしまっているからね。

またの機会に作ってもいいけど、徳川さんさえ大丈夫なら……と思ったんだ。

「いいの？」

「はい」

「それじゃあ、お言葉に甘えて……」

了承を得たので、私は大葉ハンバーグをお箸《はし》で半分に分け、まだお箸《はし》をつけていなかった方を里芋コロッケのお皿に移す。

すると、徳川さんは「俺ばかり貰っちゃ悪いから」と言って、里芋コロッケを一つ、私のお皿に置いてくれた。

「ありがとうございます」

まさかお返しをいただけるとは……

ふふっ。なんだかちょっと嬉しいな。

「こちらこそ。それじゃあ、いただきます」

そう言って、徳川さんはさっそく大葉ハンバーグを一口食べる。

「うん、これも美味《うま》い」

よかったあと思いながら、私もいただいた里芋コロッケを口にした。

（美味《おい》しい……）

試食やまかないで何度も食べてきた、お馴染《なじ》みの味。

だけど今日の里芋コロッケは、特別美味《おい》しく感じられた。

「ごちそうさまでした。今日も美味《うま》かったよ」

そんなこんなで昼食の時間は和《なご》やかに過ぎて、会計を終えた帰り際、徳川さんが何かを思い出したように口を開く。

「朋美さん、確か来週の月曜日は定休日だったよね」

「はい」

来週の月曜日は、九月の第二月曜日。月に一度の、日曜日以外の定休日だ。

「せっかくのお休みに申し訳ないんだけど、もしよかったら、買い物に付き合ってくれないかな」

「お買い物……ですか？」

一瞬、秀哉くんも一緒かな？　と考えたものの、月曜日は学校があるよね。

「実は、来月の十五日が秀哉の誕生日なんだ。内緒でプレゼントを用意したいから、朋美さんに一緒に選んでもらえたらなと思って」

なるほど。そういうことだったんですね。

「でも、私でいいんですか？」

「もちろん。朋美さんが一緒に選んでくれたって知ったら、秀哉もきっと喜ぶよ。それに俺も……」

「え？」

最後の方は声が小さくてよく聞き取れなかったんだけど、なんて言ったんだろう？

けれど徳川さんは、「なんでもないよ」と微笑むだけで、教えてくれなかった。

「それで、どうかな？　付き合ってもらえる？」

「私でよければ、喜んで」

誕生日を知ったからには、私も秀哉くんに誕生日プレゼントを贈りたいしね。

一緒に買いに行けば私も徳川さんに相談できるし、プレゼントの内容が被《かぶ》らずに済む。

というわけで、私達は来週の月曜日に、秀哉くんに内緒で買い物に行くことになった。

……あれ？　よく考えたら、徳川さんと二人きりでどこかに出かけるのって、これが初めてだ。

それ以前に、男性と二人で出かけるなんて何年ぶり……

いやいやいや、違うから。

徳川さんはお店の常連さんで、今回のおでかけだって、秀哉くんの誕生日プレゼントを選ぶために行くだけ。

だから、これはデートじゃない。デートじゃないんだ……と、ドキドキと騒ぎ出した自分の胸に、必死に言い聞かせたのだった。


そして翌週の月曜日。

徳川さんは午前十時に車で迎えに来てくれた。

家の前に停まっているのはメタリックブラックのセダンで、車に詳しくない私でも恰好良いと思う車だ。

車から出てきた徳川さん自身も、スーツがばっちり決まっていて恰好良い。

彼がスーツ姿なのは、これが秀哉くんには内緒のおでかけだからなのかもしれない。

たぶん、会社に行ったフリをするために、いつもの出勤スタイルでいるのだろう。今日は秀哉くんの誕生日プレゼントを探すので、一日お休みをとったって言っていたから。

「おはよう、朋美さん。今日はよろしくお願いします」

「おはようございます。こちらこそ、よろしくお願いしますね」

挨拶《あいさつ》をして、さっそく車の助手席にお邪魔させてもらう。

徳川さんがさりげなく扉を開けて、エスコートしてくれた。

（わ……）

初めて乗った徳川さんの車のシートは、とても乗り心地が良かった。

シートベルトをしっかり止めると、車がスムーズに動き始める。

運転している徳川さんを間近で見るのは初めてで、ちょっとドキドキした。

「ここへ来る前にコーヒーを買っておいたんだ。よかったらどうぞ」

そう言って彼が勧めてくれたのは、ドリンクホルダーに入ったテイクアウトのホットコーヒー。

「ブラックでよかったよね？」

「はい。ありがとうございます」

前に一度、うちのお店で一緒に食後のコーヒーを飲んだ時のことを覚えていてくれたのかな。

私は、豆の美味《おい》しさをストレートに感じることができるからコーヒーはブラックが好き。

もちろん、気分によっては甘くしたり、ミルクを入れたりする時もあるけどね。

蓋《ふた》の飲み口を開ければ、コーヒーの良い香りが漂《ただよ》ってくる。そこに口をつけて、ゆっくりコーヒーをいただいた。

「美味《おい》しいです」

「よかった」

「聞いたことのないお店ですけど、どこにあるんですか？」

カップにはお店のロゴマークが印字されていたけど、見覚えのないロゴだった。

「家の近くにあるカフェだよ、最近テイクアウトも始めたんで、よく出勤前にコーヒーを買いに行くんだ」

「へえ……」

徳川さんが言うには、そこはコーヒーだけでなく、ケーキも美味《おい》しいらしい。

今度お休みの日にでも行ってみようかな。

そして雑談をしながら向かった先は、家から車で一時間ほどの距離にある巨大ショッピングモールだった。

ここにはおもちゃの専門店や子ども服の専門店なども入っているし、秀哉くんのプレゼントを選ぶにはちょうどいい場所だろう。

(それにしても……)

平日だというのに、ショッピングモールは意外に混雑していた。

月曜日でこれなら、土日はもっとすごそうだ。

駐車場に車を停めて、そこから一番近い入り口に向かう。

ショッピングモール内はとても広いので、入り口付近に置いてあったパンフレットを一部貰って、お店の場所を確認することにした。

「まずはおもちゃ屋さんに行ってみましょうか」

「そうだね」

というわけで、私達はまずおもちゃの専門店に向かって歩き出した。

目当てのお店は、この場所から右手に進んだ先にある。

「……っと」

パンフレットの地図を見ながら歩いていたせいで、あやうく人にぶつかるところだった。

それを、徳川さんが私の肩を抱いて自分の方に寄せ、助けてくれる。

（あ……）

彼の胸から、ほんのりと甘さも感じるシトラスの香りがした。

このままずっと包まれていたくなるような、とても良い匂い。

「ごめん。つい、咄嗟《とっさ》に」

徳川さんが謝るけれど、私は動揺していたせいでなかなか答えられなかった。

（わ、私、今、何を……）

ずっと包まれていたいだなんて、そんな……

私は慌てて身を離し、気まずげに顔を俯《うつむ》かせる。

「あ、ありがとうございます……」

「いや、いいんだ。……今日、けっこう混んでるね。朋美さんさえ嫌じゃなかったら、手を繋《つな》いでもいいかな？」

「えっ」

「はぐれてしまったら、困るからね」

苦笑交じりにそう言って、徳川さんは右手を差し出してくる。

私は少し躊躇《ためら》いつつも、その手に左手を重ねた。

徳川さんの言う通り、はぐれたら困るもんね。うん、それだけ。それだけのことだ。

「じゃあ、行こうか」

「……はい」

ただの迷子防止だとわかっていても、こうして手を繋《つな》いで歩くなんて、まるで恋人同士みたいで落ち着かない気持ちになる。

ちら……と、隣を歩く徳川さんの横顔を見上げた。

徳川さんは、とても恰好良い人だ。それもあって、さっきから女性達の視線をちらほら感じる。

(こんな素敵な人と私が……)

「……朋美さん？」

「あっ」

私の視線に気付いた徳川さんが、どうしたの？　と問いかけるようにこちらを見る。

「な、なんでもないです。あ、あのお店ですよ」

私は慌てて誤魔化して、前方に見えてきたおもちゃ屋さんを指差した。

広い店内には、たくさんのおもちゃが飾られている。

こういうお店に来るのは何年ぶりだろう。

興味深く見ていたら、徳川さんに声をかけられた。

「とりあえず、一通り見て回ってもいいかな？」

「はい」

秀哉くんのプレゼントを何にするか、まだ決めかねているんだって。

お店の中を見て回りながら考えたいということなので、私もそれにお付き合いする。

私自身、秀哉くんに何をあげるか決まっていないしね。徳川さんと同じく、実際に見て選ぼうかなあと思っている。

ベビー用や女児向けのコーナーはスルーして、他を吟味《ぎんみ》することにした。

（へえ、今はこんなおもちゃもあるんだ）

私の子ども時代にはなかったようなおもちゃがいっぱいあるし、子どもだけでなく大人も楽しめそうなものもあって、見て回るだけでもけっこう楽しい。

「わ、天体望遠鏡がありますよ。すごいなあ」

おもちゃ屋さんでも売っているんだね。

「本当だ。……ちなみに、秀哉って星に興味があると思う？」

「ええ……と、今のところはなさそう、ですねえ」

そんな話は聞いたことがないからなあ。

この望遠鏡を機に、星に興味が出てくる可能性はなきにしもあらずだろうけど、喜んでもらえるか不安なので、とりあえず保留となった。

「スポーツ系もなあ。あいつ、インドア派だろう？」

徳川さんが、スポーツ系のグッズが並んだコーナーを見ながら言う。

「そうですねえ」

秀哉くんは、外で遊ぶより家の中で遊ぶ方が好きな子だ。

運動もあまり得意ではないみたいで、体育の授業が嫌だって話を聞いたことがある。

「秀哉くんにそれとなく欲しいものを聞いてみたりはしなかったんですか？」

「してみたんだけどね。いつもと同じさ。『特にない』『なんでもいい』って」

「あらら」

素っ気《そけ》なく言い放つ秀哉くんの姿が目に浮かぶ。

以前に比べたら、徳川さんにもだいぶ心を許すようになったんだけどね。

「うーん。それじゃあ、徳川さんが子どものころに貰って嬉しかったものって、何かありませんか？」

「俺が……？　うーん、プラモデル……かな」

「プラモデル！　そういえば秀哉くん、日曜日の朝に放送されているロボットアニメを毎週欠かさず見ているそうですよ」

「言われてみれば、そんなのを見ていたような……」

というわけで、私達はさっそくプラモデルコーナーへ行ってみた。

「たくさんありますねえ」

「おお！　これは、俺もちょっと欲しいかも……」

そう言って徳川さんが手にとったのは、ロボットではなく戦艦《せんかん》のプラモデルだった。

キラキラと目を輝かせて、それ以外もあれこれ眺めている。

「ふふっ。徳川さん、秀哉くんのプレゼントを買いにきたんじゃないんですか？」

まるで宝の山を前にした無邪気な子どもみたいな徳川さんが可愛くて、私はくすくすと笑ってしまう。

「そうだった。ごめん、つい」

「いえいえ」

「それじゃあ……これと、お、これもいいな」

彼は持っていたプラモデルの箱を棚に戻して、真剣に選び始めた。

私も、記憶を頼りに秀哉くんが好きだと言っていたロボットのプラモデルを探す。

「ええと、確か……」

この緑色のやつと、こっちの赤いのを「カッコイイ！」って言っていた気がする。

念のため、近くを通りかかった店員さんに、これは現在放映中のアニメのプラモデルで合っているか聞いてみると、間違いないようだった。

しかもこの二つは、アニメのプラモデルの中でも特に人気のものらしい。

「徳川さん、これ、秀哉くんが前にカッコイイって言っていたロボットなんですけど……」

「そうなんだ。確かにカッコイイね」

あいつ、趣味が良いじゃないかなんて嬉しそうに笑いながら、徳川さんはその二つのプラモデルの箱を手にとった。

「どうしようかな……」

どうやらプラモデルを買うかどうか、決めかねているご様子。まあ、まだ見ていないところも多いからね。

「他の場所も回ってから決めましょうか？」

「そうだね」

というわけで、私達は他のコーナーも見て回ることにした。

プレゼントを真剣に選んでいる徳川さんの姿は子煩悩《こぼんのう》な父親のようで、とても微笑ましい。

それだけ、秀哉くんのことを大切に思ってるんだなあって、胸が温かくなった。

「そういえば秀哉くんって、ゲーム機は持ってるんですか？」

ゲーム機やゲームソフトを置いているコーナーが視界に入り、私は徳川さんに尋ねてみる。

秀哉くんは私の家に来る時はいつも猫達と遊ぶか、宿題をしているか、本を読んでいるかなので、ゲームで遊んでいる姿を見たことがないのだ。

「持ってるよ。俺の兄……秀哉の父親がそういうのが好きな人でね。現行のハードは全部持ってるんじゃないかな。朋美さんの家に行く時は、ゲームより猫達と遊びたいからって持っていかないみたいだけど」

「そうだったんですね」

それにしても、現行のハード全部とはすごい。

「ソフトも、今は特に欲しいタイトルがないらしい」

「なるほど」

そんなやりとりの結果、ゲームコーナーはスルーすることになった。

そして一通り店内を見て回り、最終的に徳川さんが選んだのは例のロボットアニメのプラモデルだった。

しかもどちらがいいか選べなかったので、二つとも買うことにしたらしい。

さらに徳川さんは自分用にと戦艦《せんかん》のプラモデルも一つ、合わせて三つの箱をカゴに入れた。

「秀哉と一緒に作れたらいいなって」

「きっと喜んでくれます」

二人が仲良くプラモデルを作っている姿が目に浮かんで、笑みが零《こぼ》れる。

それから、私もプレゼントを決めた。

私が選んだのは、可愛い猫の写真が使われたジグソーパズルとフレームのセット。

可愛い子猫のぬいぐるみと迷ったけど、男の子ならぬいぐるみよりジグソーパズルの方が好きかなって。

「可愛いね。秀哉が好きそうだ」

「ありがとうございます」

喜んでくれるといいなあ……と思いながら、会計を済ませて店員さんにラッピングをお願いした。

ラッピングが終わったら商品を受け取って、おもちゃ屋さんを後にする。

「ちょうどいい時間だね。お昼を食べに行こうか」

徳川さんが腕時計で確認すると、十二時半を少し過ぎたところだった。

確かに、いい具合にお腹が減っている。

「はい」

「何か食べたいものはある？　今日のお礼にご馳走《ちそう》するよ」

「いいんですか？」

「もちろん」

「それじゃあ、お言葉に甘えて……」

私はバッグからショッピングモールのパンフレットを取り出し、徳川さんと一緒に見た。

ここには、和・洋・中と色々なジャンルの飲食店のテナントが入っている。どこも美味《おい》しそうで、迷うなあ。

「うーん……。あ、ここなんてどうですか？」

私が指差したのは、ホットサンドの写真が掲載された、一階にあるカフェ。ここへ来る車の中で美味《おい》しいコーヒーを飲んだためか、とってもパンが食べたい気分だったのだ。

「あ、でも、徳川さんは和食がお好きだし、こっちのお店の方がいいかな……」

「朋美さんはこのカフェがいいんだろう？　美味《おい》しい和食なら朋美さんのお店で食べさせてもらってるから、大丈夫だよ」

「徳川さん……」

「さ、行こう」

徳川さんは再び私と手を繋《つな》いで、カフェの方へ歩き始める。

その手の温《ぬく》もりにドキドキしながら、私も彼の隣を歩いた。


私が希望したカフェは、お昼時ということもあり混み合っていた。

五分ほど入り口前の椅子で待たされたあと、空《あ》いた席に案内される。

通されたのは、奥がベンチ席になった四人掛けのテーブル。

徳川さんはここでもさりげなくエスコートしてくれて、私をベンチ席の方に座らせた。

「わあ、色んな種類がありますね」

席に一つしか置いてないメニューを二人で眺める。

このお店はホットサンドが一番の売りのようで、種類もたくさんあった。

ハムチーズも美味《おい》しそうだし、照り焼きチキンも捨てがたい。

定番のBLTサンドも良いよね。ああ、こっちは海老《えび》カツ……！

あっ、ハムチーズに卵をプラスしたハムチーズエッグもある！

あああ、デザートメニューのチョコバナナホットサンドも美味《おい》しそう……

「迷います……」

どれも美味《おい》しそうで選べない、と眉間に皺《しわ》を寄せる私に、徳川さんはくすくすと笑い声を上げる。

「いくらでも迷っていいよ」

彼はそう言ってくれるけれど、あまり待たせるのも悪いだろう。

ううん、どれにしようかな……

なんとか三つまでに絞ったものの、そこから一つが選べない。

そういえば、徳川さんはもう決まったのかな？

ちらっと視線を向けると、彼は「どれで迷ってる？」と尋ねてきた。

私は数あるメニューの中から、決めかねている三品を指差す。

「じゃあこれ、三つとも頼もうか。で、二人で分けて食べよう」

なるほど。ここのホットサンドは二切れずつになっているのでシェアしやすいし、一人では食べ切れない量も二人で分けるならいけそうだ。

「でも、いいんですか？」

徳川さんが食べたいメニューはないのかと聞くと、彼は「俺も、これがいいなって思ってたから」と微笑んだ。

それが彼の気遣いであることはわかっていたけれど、私はありがたく徳川さんの言葉に甘えさせてもらうことにした。

私達が注文したのはハムチーズエッグホットサンド、海老《えび》カツホットサンド、チョコバナナホットサンドの三種。

ランチタイムということで、そこにミニサラダのセットとオニオンスープ、食後の飲み物がつく。

「うわあ、美味《おい》しそう……」

ほどなくテーブルに運ばれてきた料理を前に、私は感嘆の声を上げた。

真っ白いお皿に載っているのは、焦《こ》げ目がついた香ばしいホットサンド。

半分に切られた断面からはたっぷりの具が覗いていて、食べ応《ごた》えがありそう。

「いただきます」

手を合わせて、さっそくハムチーズエッグホットサンドを一切れ取り、ぱくりと齧《かじ》りつく。

「んん〜！」

とろとろに溶けたチーズとハムの塩味に、ほんのり甘い味付けのふわふわ卵焼きが合う！

パンも外側はカリカリサクサク、中はもちっとしていて、すごく美味《おい》しい！

「朋美さん、海老《えび》カツも美味《うま》いよ」

先に海老《えび》カツホットサンドを食べていた徳川さんがそう教えてくれる。

私は持っていたものをいったんお皿に置いて、海老《えび》カツホットサンドを手にとった。

「あふっ……」

海老《えび》カツホットサンドは熱々で、火傷《やけど》しないように気をつけながら食べるのはちょっと大変だったけど、それも気にならない美味《おい》しさだった。海老《えび》がプリプリしてる〜！

ミニサラダも野菜が新鮮だし、オニオンスープもホットサンドによく合う味だった。

デザートとして頼んだチョコバナナホットサンドも、とても美味《おい》しい。やっぱりチョコとバナナの組み合わせは鉄板だ。

甘いホットサンドを堪能《たんのう》していると、このカフェにして正解だった〜と、表情が緩《ゆる》む。

「朋美さんは……」

自分の分のホットサンドを早々に食べ切り、食後のコーヒーを飲んでいた徳川さんがぽつりと呟いた。

「料理を作っている時の姿も素敵だけど、食べている時の顔はもっと素敵だね」

「っ⁉」

「とても可愛い」

「ッ、ゴホッ……！」

突然甘い微笑と共に告げられ、私は口の中のものを喉《のど》に詰まらせてしまう。

（す、素敵って。可愛いって……）

「ごめん、ごめん。大丈夫？　ほら、お水」

徳川さんは私のコップにテーブルに置いてあったポットから水を注ぎ足し、手渡してくれた。

それをごくごくと飲んで、ふうと一息つく。

はあ、びっくりした……

「もう、からかわないで下さい」

「からかってなんていないよ。本当に、美味《おい》しそうに食べるな～、可愛いなあと思ったんだ」

「う……」

私、そんなに顔に出ているのかしら。

だとしたら、ちょっと恥ずかしい……

「だからかな。朋美さんと一緒だと、何を食べてもいつもより美味《おい》しく感じるし、楽しいんだ」

（徳川さん……）

それは、私も感じていたことだ。

昔から、美味《おい》しそうに食べる徳川さんを見ているのが好きだった。彼と一緒に食事するようになって以来、さらに食べ物を美味《おい》しく感じるし、食事も楽しい。

けれど、その気持ちを言葉にするのはどうにも気恥ずかしくて、私は何も言えなかった。

ただ、「私も楽しいですよ～」と言えばいいだけなのに、口籠《くちご》もってしまう。

（私、どうしちゃったんだろう）

思いがけず「素敵」とか「可愛い」とか言われて、動揺しちゃってるのかな。

徳川さんにとっては何気ない言葉だったのかもしれないのに、こんな反応をしたら、変に思われるかも……

どうしていつものように、さらりと「お上手ですね～」と流せないんだろう。

「……そうだ。このあと、他に行きたいところとかある？」

私が困っていることがわかったのか、徳川さんはさりげなく話題を変えてくれた。

「もう一、二軒くらいなら、回れると思うけど」

「い、いえ。大丈夫です」

私は首を横に振って、食べかけのチョコバナナホットサンドを手にとる。

徳川さんは食べ終わっているのだ。私も早く食べちゃわないと。

「…………」

「…………」

彼はそれ以上、何も言わなかった。

ただ微笑を浮かべて、コーヒーを口にしている。

私はそのことに安心しながら、ホットサンドを食べ進めた。

「ごちそうさまでした。とても美味《おい》しかったです」

ホットサンドを平《たい》らげ、残っていたコーヒーも飲み干し、私は手を合わせた。

「どういたしまして。こちらこそ、今日は付き合ってくれてありがとう」

私達は席を立ち、会計を済ませて店を後にする。

そして、そのまま駐車場へ向かう。

今日は学校帰りに秀哉くんが家に遊びに来る予定になっているので、それまでに帰らないといけないのだ。

徳川さんは私を送ったあと、自宅に戻って「今日は早く帰れた」ってことにするんだって。

それから秀哉くんと一緒に家に来てもいいかと聞かれて、私は「もちろん」と頷いた。

「今夜は、よかったらうちでお夕飯を食べていって下さい」

「ありがとう。お言葉に甘えて、お邪魔させてもらうね」

そんなことを話しながらショッピングモールの中を歩いていたら、前方からアイスを持って走ってくる小さな男の子の姿が見えた。

三歳か、四歳くらい……かな。その後ろから、お母さんらしき若い女性が「待ちなさい！」と追いかけてくる。

男の子は追いかけっこでもしているつもりなのか、きゃあきゃあと歓声を上げて楽しそうに逃げ回っていた。

「『あっ』」

その子がこちらに近付いてきた時、何かに躓《つまず》いたのか、小さな身体ががくっと傾《かし》いだ。

転んでしまう！　と思った瞬間、徳川さんが駆け寄ってその子を助ける。

おかげで男の子は転ばずに済んだんだけど、持っていたチョコレートアイスが、徳川さんのスーツの上着にべっちょりとついていた。

「す、すみません！」

その子のお母さんが慌てて駆け寄り、徳川さんに頭を下げる。

「いえいえ、俺が勝手にしたことですから」

徳川さんは鷹揚《おうよう》に笑うと、ぽかんとしている男の子に「痛いところはないか？」と聞いた。

「うん……」

「よかった。でも、こんなところで走ったら危ないぞ」

「ごめんなさい……」

彼は男の子の頭を優しく撫《な》でて、何度も頭を下げるお母さんに「本当に大丈夫ですから」と声をかけた。そして、この場にいては埒《らち》が明かないと思ったのか、「朋美さん、行こうか」と私の手をとり、離れる。

「すごいですね、徳川さん」

「いや、咄嗟《とっさ》に身体が動いたんだよ。間に合ってよかった」

徳川さんは何でもないことのように言うけれど、彼が助けていなかったら、あの子は派手に転んでしまっていたんじゃないかな。しかも顔から。きっと、とても痛い思いをしただろう。

だから、咄嗟《とっさ》にあの子を助けた徳川さんはやっぱりすごいし、とても恰好良い。

先ほどの彼の雄姿《ゆうし》を思い出し、うんうん頷いている私の隣で、徳川さんはハンカチを取り出して上着の汚れを拭《ふ》き取ろうとした。

「待って、徳川さん」

これじゃあハンカチも汚れちゃう。

「上着を預かっていいですか？　応急処置をしてくるので」

そして預かった上着を持って近くの女子トイレに入り、備え付けのペーパータオルで汚れを拭《ふ》き取った。

それから二枚目のペーパータオルを取り出して、汚れを吸い取るように摘《つ》まみ取る。

チョコレートもアイスも油分を含んでいるので、まずはこうして油分を吸い取るのだ。

（……よし）

とりあえず、応急処置としてはこれで十分だろう。

あとは家に帰ってシミ抜きもできるけど、クリーニングに出した方がいいだろうな。とても仕立ての良いスーツだし、プロに任せた方が安心だ。

「お待たせしました」

私はトイレから出て徳川さんに上着を手渡すと、応急処置としてやったことを伝え、クリーニングに出すことを勧めた。

「ありがとう。帰ったらすぐ出しておくよ」

徳川さんは上着を受け取って、「じゃあ、帰ろうか」と言った。

ドキドキさせられることも多かったし、おまけにちょっとしたハプニングもあったけど、無事にプレゼントを買うことができた。それにお昼ごはんも美味《お》《い》しかったし、徳川さんとの初めてのおでかけ、楽しかったな。

そんなことをしみじみと思いながら、駐車場に向かう。

帰りも徳川さんが車の扉を開けてくれて、私は助手席に乗り込んだ。

そして、車が動き出してしばらく経ったころだった。

徳川さんがふっと笑う気配がしたので、私はどうしたんだろう？　と運転席に視線を向ける。

するとその視線に気付いた徳川さんが、笑いを堪《こら》えるような顔で「そういえば、昔も似たことがあったなあと思ってさ」と言う。

「秀哉がさっきの、転びそうになっていた子くらいのころ、兄家族が実家に遊びにきたんだ。あの時はまだ父が生きていて、俺も夕飯に呼ばれて顔を出した」

徳川さんは当時、実家を出て一人暮らししていたらしい。

そして夕飯のあと、秀哉くんは徳川さんがお土産《みやげ》に持参したチョコレート菓子を美味《おい》しそうに頬張っていた。

「小さかった時の秀哉は、食べるのがとても下手でね。まあ、無理もないんだけど、口や手の周りにべっちょりとチョコレートをつけて、にへーっと笑ってたよ」

可愛かったなあと、徳川さんはくすくす笑いつつ言う。

私もつられて微笑み、話の続きに耳を傾けた。

「義姉《ねえ》さんが秀哉の手や口の周りを拭《ふ》こうとしたのに、あいつ笑いながら逃げ回ってさ。俺の方に突っ込んできて、スーツの上着に食べかけのチョコをべちょっ……とね」

「まあ……」

「義姉《ねえ》さんは蒼褪《あおざ》めてたけど、父と兄は大爆笑。大人が笑っているから、秀哉も一緒にけらけら笑ってたよ。それで、チョコレートをもう一つ手にとって、『あーい』って、俺に食べさせてくれたんだ」

元から怒っていなかったし、そんな秀哉くんが愛らしくてとても怒る気にはなれなかったと、懐《なつ》かしそうに話してくれた。

徳川さんは当時から、秀哉くんのことを可愛がっていたんだね。

「可愛いですね、秀哉くん」

「うん、可愛かった。俺にも懐《なつ》いてくれていたしね。だから、あの子を預かると決めた時も、上手くいくだろうって簡単に考えちゃったんだ……」

柔らかかった徳川さんの表情が、悲しそうに曇《くも》る。

「徳川さんは頑張っていますよ、とても」

私は思わず、そう口にしていた。

そりゃあ最初は上手くいっていなかったものの、徳川さんはすごく頑張って、今は秀哉くんと良好な関係を築いている。それは、並大抵のことじゃない。

「ありがとう……。でもね、こんなことを言ったら軽蔑《けいべつ》されるかもしれないけど、正直、秀哉を預かることにしたのは、その場の勢いもあったんだ」

最愛の奥さんを亡くして憔悴《しょうすい》している兄。アメリカには行きたくないと泣き喚《わめ》く甥《おい》っ子を見て、徳川さんはなんとか力になってやりたいと感じたらしい。

「俺は大学時代から一人暮らしをしていて家事は一通りできるし、秀哉だってもう小学四年生だ。兄が帰国するまで一緒に暮らすくらいなら、どうにかなるだろって思ったんだよ。馬鹿だよなあ。実際に暮らしてみたら、あの通り」

母親を亡くし、父親とも離れて暮らすことになった秀哉くんはすっかり気難しくなり、徳川さんともぎくしゃくしてしまった。

「でも、これは俺が言い出したことだから、誰にも弱音を吐けなかった。言ったら最後、『ほらやっぱり』って、秀哉を取り上げられる気がしたんだ。……秀哉にとっては、その方がいいんだろうかって思ったこともあったけど」

彼はそう、自嘲《じちょう》するように話す。

（徳川さん……）

自分を責める彼の姿に、私は胸が切なくなった。

私が思っていた以上のものを、徳川さんは抱えていたんだね。

「だからあの日、朋美さんが話を聞いてくれて嬉しかったんだ。俺、かなり情けなかったよね？」

苦笑と共に問いかけられて、私は「そんなことないですよ」と答えた。これは嘘じゃない。

そりゃあ、あの時の徳川さんはとても疲れた様子で、愚痴《ぐち》をいっぱい吐いていたけど、情けないなんてちっとも思わなかった。

「朋美さんに話を聞いてもらえて、気持ちがうんと楽になった。それに、朋美さんのおかげで秀哉とも上手くやれるようになって……。本当にありがたいと思ってる。今、俺とあの子が笑っていられるのは、朋美さんのおかげだ。ありがとう、朋美さん。本当に、ありがとう」

「徳川さん……」

ハンドルを握る彼は、まっすぐ前を向きながら、私にそうお礼を言った。

お兄さんや秀哉くんのために奮闘《ふんとう》している徳川さんは、とても立派な人だと思う。

そして私は、少しでも徳川さんの役に立てたことが、嬉しくてならなかった。

私のやったことなんて、話を聞いたり差し入れをしたり、秀哉くんを家に招いたり、一緒にごはんを食べたりと、どれもささやかなことだけど……

それでも、徳川さんが一人で抱えていた重荷をちょっとでも軽くすることができたなら、こんなに嬉しいことはない。

そう思うのは、彼が私のお店の大事なお客様だからじゃなくて……

(そうか……。私……)

徳川さんのことが、好きなんだ。

私の作った料理を美味《おい》しそうに食べてくれて、お兄さんや秀哉くんのために努力している、家族思いなこの人のことが……

優しくて恰好良いところも、時折見せてくれる子どもっぽいところも、この人の全部に、私は惹《ひ》かれているんだと思う。

だから彼の言葉や態度にいちいち心を揺らして、ドキドキしてしまうんだ。

どうして今の今まで気付かなかったんだろう。

私の中で、徳川さんはとっくに『ただの常連さん』じゃなくなっていたのに。

（うわ……）

想いを自覚したとたん、彼のことを妙に意識してしまう。

ハンドルを握る徳川さんの手、まっすぐに前を見つめる凛々《りり》しい眼差し。艶《つや》やかな髪がわずかに開けられた窓から吹く風に揺れて、彼が纏《まと》うシトラスの香りが鼻腔《びこう》をくすぐる度、心が甘く疼《うず》く。

（……っ）

彼の存在を感じれば感じるほど、胸が早鐘《はやがね》を打った。

こうして二人きりでいることが、嬉しくて、気恥ずかしくて、落ち着かない。

こんな感覚は久しぶりで、いつの間にか芽生《めば》えていた感情を持て余してしまう。

（顔、熱い……）

自分の頬に手を当ててると、真っ赤になってるんじゃないかと思うくらい、熱く感じた。

そして、胸が苦しいほどドキドキと高鳴っている。

ううう、自分にこんな初心《うぶ》な感情が残っていたなんて、想像もしていなかったよ。

（へ、変に思われていないかな……）

ちら……と隣の徳川さんを見ると、彼の視線は相変わらずまっすぐ前を向いていて、急にソワソワし始めた私の挙動には気付いていない様子だった。

彼が運転中でよかったとほっとしながら、私は熱くなった顔を隠すように俯《うつむ》く。

せめてこの車を降りる時までには、落ち着かないと……！

「……実は、朋美さんにもう一つお願いがあるんだ」

私が必死に平静を装《よそお》おうとしていると、徳川さんが申し訳なさそうに口を開いた。

(お願い？)

なんだろう？　と思いつつ、私はちらっと隣の徳川さんを窺《うかが》う。

相変わらず前を向いたまま、彼は言葉を続けた。

「秀哉の誕生日にスペシャルメニューを作ってやりたいなと思ってるんだけど、もしよかったら、一緒に考えてもらえないかな？」

それから、試作にも付き合ってほしいと彼は言う。

「も、もちろん。私でよければ、喜んで」

ただプレゼントをあげるだけじゃなく、スペシャルメニューを作ってあげたいなんて、徳川さんらしい素敵なアイディアだ。

それなら私も力になれるだろうし、ぜひ協力したい。

「ありがとう」

徳川さんは、本当に嬉しそうに笑った。

その笑顔にキュンと胸を高鳴らせた私は、もっと彼を喜ばせたくて、役に立ちたくて、誕生日パーティーにぴったりのメニューをあれこれ思案する。

我ながら単純。でも、そうしているうちにだんだんと気持ちが落ち着いてきた。

徳川さんと目が合うとまだドキッとしてしまうけど、なんとか頬の熱も治まって、顔を上げて話せるようにもなった。

私達は家に着くまでの間、スペシャルメニューや試作のスケジュールについて話し合う。

あれがいい、これがいい、やっぱりあれも……なんて、徳川さんとメニューについて話す時間はとても楽しくて、私は胸をときめかせながら、「家がもうちょっと遠かったらよかったのに……」と思ってしまった。

秀哉くんの誕生日は、素敵なものになるだろう。

この時の私は、そう信じて疑わなかった。

六

秀哉くんの誕生日に向けたスペシャルメニューの試作は、ランチ営業後に昼食を兼ねて行うことになった。

私も徳川さんもお昼休みの時間は限られているので、簡単な料理ならその場で一緒に試作するけど、それ以外の料理はお互いに作っておいたものを持ち寄って試食し、意見交換する。

もっと時間がとれる休日にやればいいんだろうけど、そうすると秀哉くんに気付かれてしまうかもしれないからね。

（そろそろ、徳川さんが来る時間だ）

その日のランチ営業中。最後のお客様が帰られたあと、私はちらっと壁掛け時計を見上げる。

試作会の約束をして以来、徳川さんはお店に来る日を事前に連絡してくれるようになった。

徳川さん、今日は来られるのかな？　ってソワソワする必要はなくなったものの、これはこれでちょっぴり寂しかったりする。

そう思ってしまうのは、きっとああやって徳川さんの訪れを待つ時間も好きだったから……なのだろう。

まあ、来てくれることがわかっていても、それはそれでソワソワと落ち着かないんだけど。

そんなことを考えながら待っていたら、約束の時間より少しだけ早く、徳川さんがやってきた。

「こんにちは、朋美さん。今日もよろしく」

「いらっしゃいませ、徳川さん」

誕生日用メニューの試作会も、今日で四回目。

徳川さんも慣れたもので、お店の中にお客様がいないことを確認すると、私の代わりに店の暖簾《のれん》を外し、戸の鍵をかけてくれた。

「ありがとうございます」

「いやいや、これくらい。そうだ、メールで話した通り、今日は鶏《とり》の唐揚げを作ってきたよ。あとで感想を聞かせて」

そう言って、徳川さんは私に持っていた紙袋を差し出す。中には唐揚げ入りのタッパーが入っていた。

鶏《とり》の唐揚げは、徳川さんが「これは絶対に外せない！」と言って、一番に決まったメニューだ。秀哉くんとの距離が縮まった、記念の料理だから……って。

あの時は私が下拵《したごしら》えしたお肉を渡したけど、今回は最初から自分で作りたいということだったので、レシピを教えておいたんだ。

それを今朝、早起きしてこっそり揚げてきたんだって。

秀哉くんに見つからないようにキッチンでコソコソ作業する徳川さんの姿が目に浮かんで、くすっと笑ってしまう。

「楽しみです。それじゃあ、他の料理を作っちゃいましょうか」

私は紙袋を受け取って、徳川さんを奥の厨房《ちゅうぼう》に案内した。

今日は、ホットサラダとミニトマトのローストを作る予定だ。どちらも簡単だし、彩《いろど》りもいいのでパーティーにはぴったりだと思う。

徳川さんは鞄《かばん》から、普段お家で使っているというエプロンを取り出し、上着を脱ぎ、シャツの袖を腕まくりして調理に臨《のぞ》んだ。

シンプルな紺色のエプロンを身につけた徳川さんは、とっても恰好良い。

このままお料理番組とかに出たら人気が出そう……と見惚《みと》れそうになりつつ、私は彼に手順を説明する。

ホットサラダは野菜をレンジで加熱してドレッシングをかけるだけでもいいけど、せっかくなので加熱したあと、さらにフライパンで焼き目をつけることにした。

野菜は、ブロッコリー、カリフラワー、じゃがいも、ニンジン、カボチャを使う。

二人で並んで、まずは野菜を食べやすい大きさにカット。

「お上手ですね」

日ごろお家で料理をしているだけあって、徳川さんの手付きは慣れたものだ。

「そう、かな？　本職の朋美さんに褒《ほ》めてもらえると、自信がつくよ」

徳川さんは照れ臭そうに微笑む。

そんな雑談も交じえつつ、切り終わった野菜を電子レンジで加熱する。

野菜によって加熱時間を調節しなきゃいけないのが少し手間だけど、野菜を耐熱皿に入れて大匙《おおさじ》一杯の水をかけ、ラップをふんわりかけてチンするだけで蒸し野菜ができる。

「熱いだろうから、俺が出すよ」

「ありがとうございます」

徳川さんは私が普段使っているミトンをつけて、電子レンジから熱々の容器を出してくれた。

慣れているのでそこまでしてもらわなくても大丈夫なんだけど、彼のちょっとした気遣いが嬉しくて、笑みが零《こぼ》れてしまう。

（ふふっ。ピンクのミトンを両手につけた徳川さん、意外に似合ってて可愛いなあ）

そして野菜が蒸し上がったら、フライパンにオリーブオイルを引いて焼き目がつくまで炒《いた》める。

最初は私が説明しながらやって、そのあとで徳川さんに代わってもらった。

「あっ……と」

徳川さんの菜箸《さいばし》が、カボチャを刺して穴を開けてしまった。

「大丈夫ですよ」

ちょっと見栄《みば》えの悪いところは味見で食べたり、ドレッシングで隠したりすれば問題ない。

「このくらいでオッケーです」

良い焼き具合になったところで火を止める。あとはお皿に盛って、ドレッシングをかけたら完成。

私がお皿を取り出すと、徳川さんがその上に炒《いた》めた野菜を盛ってくれた。

これにバーニャカウダソースをかけて食べても美味《おい》しい。

でも、秀哉くんが食べるならシーザードレッシングの方がいいかなと思って、徳川さんと一緒にドレッシングも作ってみることにした。

「材料と分量は、あとでメールしますね」

初めて秀哉くんが家に遊びに来てくれた時に徳川さんと連絡先を交換していたけど、これまでは特に用もないのに連絡するのは憚《はばか》られて、最低限のやりとりしかしていなかったのだ。

だけど今は、メニューの相談や試作会のスケジュール、レシピのやりとりなどで、メールをする機会がうんと増えた。私はそれも地味に嬉しかったりする。

「ドレッシングの材料はこちらです」

そう言って、私はあらかじめ分量を計って用意しておいた材料――牛乳、マヨネーズ、粉チーズ、レモン汁、黒胡椒《くろこしょう》を、冷蔵庫から取り出した。

材料を盛った透明な小皿を、一纏《ひとまと》めに銀色のトレイに載せておいたのだ。

それを見た徳川さんは、「料理番組みたいだ」と感心したように呟いた。

その反応を見て、私は今度「そして冷蔵庫で一時間寝かせたものがこちらになります」というお料理番組のお約束のアレをやってみようかなと思い、くすくす笑う。

っと、それはさておき。用意しておいた材料をボウルに入れて、徳川さんに泡立て器で混ぜ合わせてもらう。

ちなみに今回は子ども向けってことで抜いたけど、ここに擦《す》りおろしたニンニクやディジョンマスタード、アンチョビペーストなんかを入れると、本格的なシーザードレッシングになる。

「へえ……、シーザードレッシングってこうやって作るんだね」

「けっこう簡単でしょう?」

お店で出すことはあんまりないものの、たまに無性にシーザーサラダを食べたくなる日があって、そんな時には自作してるんだ。

あと、これはマヨネーズを多めにして、サンドイッチのソースに使っても美味《おい》しい。

「味見してみましょうか」

私は引き出しから味見用のスプーンを二本取り出して、一本を徳川さんに手渡した。

「ありがとう」

徳川さんはスプーンでドレッシングを掬《すく》い、自分の口元に運ぶ……かと思いきや、何故か、それを私の口元に差し出してにっこりと笑う。

「はい、どうぞ」

「えっ」

（ええと……私にこれを舐《な》めろと？）

先に味見してってことなのかな？

でも、私もスプーンを持ってるのに、どうして徳川さんが差し出してくるんだろう？

と疑問に感じながら、窺《うかが》うように彼の顔を見上げる。

けれど徳川さんは、「さあ口を開けて」と言わんばかりに微笑むだけだった。

（う……）

私は躊躇《ためら》いつつ、差し出されたスプーンを口にする。

（は、恥ずかしい……）

好きな相手から、いわゆる「はい、アーン」をされて、居《い》た堪《たま》れないし、ひどく落ち着かなかった。

「どう？」

徳川さんは微笑を浮かべたまま尋ねてくる。

ドキドキしすぎて味がわからない……と答えたいところだけど、これは秀哉くんの誕生日のための試作なのだから、そんなことを言っていられない。

私は舌でしっかり味を確かめて、口を開いた。

「美味《おい》しい、です」

シーザードレッシングは期待通りの味だった。これなら、調味料を足したりしなくてもいいだろう。

「それはよかった。……って、俺は朋美さんが用意してくれた材料を混ぜただけなのに、なんか偉そうだね」

徳川さんは笑って、私が持っていた未使用のスプーンを指差した。

「ね、今度は朋美さんが俺に味見させて？」

「えええっ」

つまり、私に「はい、アーン」をやれってことですか？

（これ、ただの味見だよね？　自分で掬《すく》って舐《な》めたらいいだけの話だよね？）

それを何故食べさせ合うような形でやらなければならないのだと混乱する私に、徳川さんはくすくすと笑って「ごめん、冗談だよ」と言った。

（じょ、冗談って……）

「と、徳川さん！」

こんな風にからかうなんてひどい、と抗議の目を向ける私の前で、徳川さんは私の手からスプーンをとり、ドレッシングを掬《すく》ってぺろりと舐《な》める。

「うん、美味《うま》い。さすが朋美さん」

「……っ」

にっこりと微笑む彼に、私はもう何も言えなかった。

うう、これも惚《ほ》れた弱みってやつなのかな。

「……こ、このドレッシングを野菜にかけたらホットサラダの完成です」

気を取り直して、私は完成したドレッシングをお皿に盛った野菜にまんべんなくかける。

そしてもう一品。ミニトマトのローストは、ヘタをとったミニトマトを耐熱皿に並べ、オリーブオイル、塩胡椒《しおこしょう》、乾燥バジル、粉チーズを混ぜたソースをかけてオーブンで焼くだけ。これはオーブントースターでもできる。

フライパンで野菜を炒《いた》めている間にオーブンに入れておいたので、タイミング良く二つの料理が出来上がった。

「美味《おい》しそうだね」

「はい。それじゃあ、さっそくあっちで試食しましょうか」

私達は料理をお盆に載せ、お店のテーブルまで運んだ。

ちなみに今日の昼食は、二人で作ったホットサラダとミニトマトのロースト、徳川さんが試作してきた鶏《とり》の唐揚げの他に、定食用の五穀米《ごこくまい》で握ったおにぎりと日替わりのお味噌汁《みそしる》。

「「いただきます」」

二人で手を合わせて、さっそく試食を始めた。

「うん、美味《うま》い」

ホットサラダを口にした徳川さんが、満面の笑みを浮かべる。

「ふふっ。これ、炒《いた》める時に塩胡椒《しおこしょう》で味付けして、粉チーズをふって食べても美味《おい》しいですよ。あとはアンチョビの利いたバーニャカウダソースとか」

「それは酒に合いそうだね。食べたいなあ……。今度試してみるよ」

「ぜひ」

ドレッシングのレシピを送る時、アンチョビを使ったバージョンのレシピも一緒に添《そ》えておこうと思いながら、私は鶏《とり》の唐揚げを口にする。

「ん、美味《おい》しい。この唐揚げ、今回はちゃんと美味《おい》しくできてますよ」

実はこの鶏《とり》の唐揚げ、徳川さんが持ってきてくれるのは今日で二回目だったりする。

前回は漬け込み時間が長かったようで、味がしょっぱすぎた。それで徳川さんが「もう一度」とリベンジを誓い、また作ってきたんだ。

今回はちょうどいい味だし、お肉も柔らかジューシーで、冷めていてもとっても美味《おい》しい。

「本当？　よかった」

徳川さんは自分でも食べてみて、「うん、これなら大丈夫そうだ」と笑った。

そして、ミニトマトのローストに箸《はし》をつける。

「うわ、美味《うま》いなあ。バジルと粉チーズが合うね」

「ミニトマトって、焼くとうんと美味《おい》しさが増すでしょう？　生で食べるのも好きですが、焼くのも好きなんです」

野菜の青臭さが減って甘味が増すから、秀哉くんでも食べやすいんじゃないかな。

「うん、トマトの旨味《うまみ》がぎゅっと凝縮《ぎょうしゅく》されている気がする。サラダはこの二品でいこうかな。今度家で作ってみるから、また試食してくれる？」

「はい、もちろん」

それからは次回の試作会の話や、秀哉くんの話なんかで盛り上がりつつ、試作品とお昼ごはんを食べた。

帰り際、徳川さんはこちらを振り返って、いつもと同じことを言う。

「貴重な時間を使わせてしまって、本当に申し訳ない。今日も付き合ってくれてありがとう、朋美さん」

「申し訳ないだなんて、そんなことないです。私も勉強になっていますから」

これは最初に試作会を開いた時からの、お決まりのやりとりだ。

だけど私は、徳川さんのお役に立てることはもちろん、何より徳川さんと一緒にいられて嬉しいから、ちっとも苦じゃないんですよ。

今度はどんな料理をおすすめしようかなあって、レシピを考えている時間も楽しいし。

そりゃあ、今日みたいにからかわれて、心臓に悪い思いをするのは困ってしまうけれど……

それでもやっぱり、徳川さんと一緒にいられる喜びに勝るものはない。

「また、いらして下さいね」

「うん。それじゃあ、またね」

今朝、秀哉くんから「学校帰りに遊びに行ってもいいですか?」とメールが届いていたので、きっと夜には秀哉くんを迎えにきた徳川さんともう一度会える。

それを楽しみに思いながら、私は店の外に出て、彼の背中を見送った。

七

　その後もランチ営業後の試作会は順調に進み、当日に出すメニューも一通り決まった。

　このごろはもっぱら、徳川さんが作ってきた料理を二人で食べ、改良するのに時間を費《つい》やしている。

　もう十分美味《おい》しいと思うものの、徳川さんは意外に凝《こ》り性《しょう》で、さらに工夫を凝《こ》らして作ってくるんだよね。「これはもうお店を出せる腕ですよ」って言ったら、「それもいいね」って笑っていた。

　そんな十月初めの夜のこと。

　私はいつものように、着物に割烹着《かっぽうぎ》姿で店のカウンターに立っていた。

　今日もお昼の時間に徳川さんと二人で試作した料理を食べたけど、夜は仕事が忙しくて来られないみたい。

　だから、今日は秀哉くんも遊びに来ていなかった。

　徳川さんが迎えに来られない時は、家に来ないことになっているのだ。

（寂しいけど、仕方ないよね）

　徳川さんは元々忙しい人だもの。

　最近は特に忙しいのか、家に帰ってから秀哉くんと夕食をとり、そのあとは遅くまで持ち帰った仕事をこなす毎日を送っているらしい。

無理して身体を壊さないといいんだけど、心配だ。

そして秀哉くんが来られない日は、うちの猫達も少し元気がない。

人懐《ひとなつ》っこい子達だから、秀哉くんに遊んでもらえるのが嬉しいんだよね。

その分、今日は私が仕事終わりにめいっぱい構ってあげようと思う。

そんなことを思いながら洗い終わったグラスを拭《ふ》いていたら、入り口の引き戸が開いて、長着《ながぎ》に羽織《はお》り姿のご老人が姿を現した。

「こんばんは、お邪魔するよ」

「いらっしゃいませ、水戸《みと》さん」

ボーラーハットを被ったこのお洒落《しゃれ》なご老人は、両親がお店を開いたころからの常連さんだ。

水戸重國《しげくに》さんといって、複数のマンションやビルを所有する資産家である。

徳川さんの会社とも、昔からのお付き合いなんだって。

「今日も綺麗だねえ、朋美ちゃん」

「あら、今日もお上手ですねえ」

私はくすくすと笑って、カウンター席に座った水戸さんに温かいおしぼりを手渡した。

「美人の顔を見ながら美味《うま》い肴《さかな》で一杯やりたくなってね。今日のおすすめはなんだい?」

　おしぼりで手を拭《ふ》いた水戸さんに、今日のおすすめを書いたお品書きを渡す。

「今日は良いアンコウが入ったので、アンコウ鍋が一押しですね。それからサンマの梅煮と、戻りガツオの平造りも美味《おい》しいですよ」

「おお、いいねえ。じゃあ、アンコウ鍋と戻りガツオ。それからそこの、里芋のやつももらおうかな。あとはいつものをぬる燗《かん》で頼むよ」

「かしこまりました」

　水戸さんが指差したのは、カウンターに並べた大皿料理の一つ、里芋の煮っ転がしだ。まずはこの煮っ転がしを小鉢によそってお出しする。

「はい、こちらお先にどうぞ」

　それから、一人分の土鍋にスープと下拵《したごしら》えしておいた具材を入れ、温め始めた。隣のコンロには、ぬる燗《かん》用にお水を張ったお鍋を火にかけておく。

　その間に、戻りガツオのおろし身を平造りにして、ツマと大葉、擦《す》りおろし生姜《しょうが》と一緒にお皿に盛りつけた。

「お待たせしました、戻りガツオの平造りです」

「おお、美味《うま》そうだねえ」

　この時期のカツオは脂《あぶら》が乗っていて、とても美味《おい》しい。特にお刺身にすると、魚の旨味《うまみ》がたっぷり味わえる。

そうこうしているうちにアンコウ鍋と水を張った鍋が温まってきた。

アンコウ鍋の方はアクを丁寧に取りながら、もうしばし煮込む。

隣の鍋は沸騰《ふっとう》したら火を止める。そうして日本酒を注いだ徳利《とっくり》の口にラップをかけ、お湯の中に浸《ひた》した。

こうしておくと、大体一、二分くらいでぬる燗《かん》になる。

温度が上がるごとに中のお酒が盛り上がってくるから、それも目安になるかな。

ちなみに、燗酒《かんざけ》は過熱に時間をかけるとせっかくのアルコールが飛んでしまうので、短時間で温めるのがコツだ。

「はい、どうぞ」

徳利《とっくり》を取り出し、お湯を拭《ふ》いて、おちょこと一緒にお盆に載せてお出しする。

「ありがとう。……うん、美味《うま》い！」

お酒を受け取った水戸さんは、戻りガツオを一口。それからぬる燗《かん》をくいっと飲んで、相好《そうごう》を崩した。

そのなんとも幸せそうな笑顔を見ると、こちらまで嬉しくなってくる。

それにしても、今日の水戸さんはいつも以上にご機嫌みたいだ。

「何か良いことでもあったんですか？」

鍋のアクをとりながらそう尋ねると、水戸さんは茶目っ気たっぷりの笑みを浮かべて、

「わかる？」と言った。

「はい」

「いやぁ、実はねぇ、うちの孫娘の縁談が纏《まと》まりそうなんだよ」

「まあ！　それはおめでとうございます」

確か、水戸さんには四人のお孫さんがいたはずだ。男のお孫さんが三人と、女のお孫さんが一人。

中でも特に可愛がっているのが、今回縁談が纏《まと》まりそうだという孫娘さん。

私より五つ年下の、二十五歳……だったっけ？　保育士さんで、前に写真を見せてもらったことがあるけど、とても綺麗な女性だった。

どうして私が知っているのかというと、水戸さんがお店に来た時によく話してくれるから。

おめでたい話題に、私もつられて笑顔になりつつ、良い具合に煮えたアンコウ鍋を運ぶ。

それから、ささやかだけどお祝いに何かお出ししようかな……と小鉢を手にしたところで、水戸さんの口から思いがけない名前が出てきた。

「徳川っているだろ？　あの徳川不動産の社長の。この店にもよく来る」

「は、はい」

(どうして急に徳川さんの名前が……？)

「あいつなんだよ、孫娘の相手」

「え……」

徳川さんが、水戸さんのお孫さんの縁談相手……？

驚きに目を見張る私に、水戸さんは上機嫌で話を続ける。

「あいつはね、若いのに親父さんの遺した会社をちゃんと守《も》り立てて、大したもんだと思ってたんだ。それで、あいつにならうちの可愛い孫娘を任せられるって、前々から縁談を持ちかけていたんだよ」

そういえば、水戸さんは徳川さんのことを気に入っていたっけ。

お仕事上の付き合いもあるみたいだし、このお店で一緒になると、いつも楽しそうにお酒を飲み交わしていたもんね。

でもまさか、そんな話が進んでいたなんて……

「朋美ちゃん、あいつが今甥《おい》っ子を預かってるって話、知ってるかい？」

「え、ええ……」

「あいつも忙しいだろうに、よくやってるよ。しかも兄貴の方は、まだしばらく日本に帰って来られないって言うじゃないか。こういう時は、嫁さんに一緒になって支えてもらった方がいいんだ。それにあいつ、前は縁談を勧めても『当分結婚する気はない』なんて断ってたけど、甥っ子と暮らすようになってから考えが変わったみたいでさ、『自分の家庭を築くことも考えるようになった』なんて言うじゃないの。こりゃ良い頃合いだって、孫娘との見合いを持ちかけたのさ」

「そ、そう……だったんですか……」

私はなんとか笑顔を作るのが精一杯だった。

これ以上聞きたくないと思ったけれど、上機嫌な水戸さんはアンコウ鍋をつまみながら、さらに話を続ける。

「朋美ちゃんもわかるだろ？　男所帯じゃ限界があるよ。子どもだって可哀相だ。兄貴の方は嫁さんが亡くなったばかりで再婚なんて考えられないだろうし。兄貴が帰国してからも、徳川と一緒になって甥《おい》っ子のことを気にかけてやれるような、うちの孫娘みたいな優しい女が、今のあいつには必要なんだよ」

（……水戸さんの言う通りなのかもしれない……）

安心して家のことを任せられる女性が傍にいたら、徳川さんの負担も減るはず。

その点、水戸さんのお孫さんは家事全般が得意で子ども好きな性格らしいから、ぴったりなんだろうな。

「まあ、徳川とうちの孫娘じゃちょっと歳は離れてるが、お互いに乗り気だし、きっと良い夫婦になるさ」

（お互いに乗り気、良い夫婦……）

徳川さんと、以前写真で見た水戸さんのお孫さんが、仲良く寄り添《そ》っている姿が頭に浮かぶ。

確かに、とてもお似合いな二人に思えた。

（……あ、あはは……。あっという間に失恋、しちゃったなあ……）

想いを告げる前に、恋に破れてしまった。

だって、徳川さんはこの縁談に乗り気――つまり、水戸さんのお孫さんと結婚したいと思っているんだもんね。

私なんかの入る隙《すき》は、みじんもない。

（……ある意味、よかった……のかな……）

このまま想いを募《つの》らせて、彼に告白して、変に気まずくなってしまう前に気付けてよかったのかもしれない。

今ならまだ、小料理屋の女将《おかみ》と常連さんの関係に戻れるもの。

（ううん。本当は……）

戻るも何も、関係が変わってきているって……徳川さんとの距離が縮まったって思っていたのは、私だけだったのかもしれない。

彼にとって私はただの小料理屋の女将《おかみ》で、秀哉くんのこともたまたま相談に乗ったたから、頼りにしてくれただけ。

でも今後は、水戸さんのお孫さんが徳川さんを助けてくれる。

私はもう、これ以上でしゃばらない方がいい。

「朋美ちゃん？」

押し黙ってしまっていた私に、水戸さんが「どうかしたかい？」と声をかけてくる。

私ははっとして、笑顔を作って誤魔化した。

「……そ、そうだ。私からもお祝いさせて下さい。鯛《たい》の昆布締《こぶじ》めなんていかがです？」

今日たまたま良いのがあったから仕入れて、昆布締《こぶじ》めにしておいたものだ。

……これを作った時は、まさか徳川さんの縁談を寿《ことほ》ぐことになるなんて、夢にも思わなかったけどね。

「おお、いいねえ。祝い事にはやっぱり鯛《たい》だ」

私は冷蔵庫から鯛《たい》の昆布《こぶ》締《じ》めを取り出して器《うつわ》に盛ると、特製のダシ醬油《じょうゆ》をかけた。

傍に添《そ》えるのは、塩揉《も》みしたキュウリ。

「はい、どうぞ。縁談、無事に纏《まと》まるといいですね」

作り笑顔で、心にもないことを口にする自分に嫌気が差す。

「ありがとう。……うん、美味《うま》いなあ」

美味《おい》しそうに食べてくれる水戸さんに罪悪感を抱きながら、私は早く、なるべく早く、この想いを諦めなければと思った。

徳川さんが結婚する時、心からお祝いの言葉を口にできるように……

八

「はああ……。どうしよう、ハチぃ……」

夜の営業を終え、諸々《もろもろ》の片付けや入浴を済ませてあとは寝るだけというころ。私はベッドの上で丸くなっていたハチベエの身体に顔を埋《うず》めながら、弱音を吐いた。

「……また、お断りしちゃった……」

徳川さんに縁談の話が持ち上がっていると聞いてから、私はこれまでのように彼や秀哉くんと接することができずにいた。

そのこともあって、ランチ営業後の試作会を「すみません、急な用事ができてしまって」と断って以来、徳川さんとはまともに顔を合わせていない。

一回目は、縁談の話を聞いた直後で動揺していて、つい断ったのだけれど、一度断ってしまうとさらに顔を合わせづらくなって、そのままずるずると……毎回お断りしてしまっている。

だって、どんな顔をして会えばいいのかわからないんだもの。

うろたえてしまいそうだし、もしそれで自分の想いがバレたら、とっても気まずい。

その上、徳川さんの口から嬉しそうに縁談の話が出たらと思うと、怖かった。

いつのまに、こんなに好きになっていたんだろう。

諦めなくちゃいけないとわかっているのに……消化しきれない感情が燻《くすぶ》っている。

「はあ……」

（まあ、試作会の方はもうメニューも決まっていたし、大丈夫だろうけど……）

問題は、秀哉くんの申し出も断ってしまっているということ。

試作会と同じく、縁談の話を聞いた翌日にメールで「遊びに行ってもいい？」と聞かれて、咄嗟《とっさ》に断っていたのだった。

だって、迎えに来る徳川さんと絶対に鉢合わせしてしまうもの。

そして、これまた一度断ってしまうと次も会いづらくて、仕事を言い訳にそのままずるずると……のパターン。

秀哉くんは、とても残念そうなお返事や、私のことを気遣うお返事をくれるので、罪悪感で胸が痛かった。

本当は、秀哉くんだって猫達と遊びたいだろうに……

「はあ……」

でも、徳川さんと水戸さんのお孫さんの縁談が進むなら、私はこのまま二人と距離を置いた方がいいんじゃないか、とも思うんだよね。

私がお孫さんの立場なら、自分がこれから結婚しようとしている男性の傍に女の影があるのは嫌だもの。

秀哉くんだって、新しく叔母《おば》さんになる女性に懐《なつ》いたら、ここへ来る気もなくなるかもしれないし……

「はあああ……」

だけど、そんなのは私の勝手な考えだってわかっている。

私はただ、それを言い訳にして逃げてるだけだって。

けれど、一度逃げてしまうと再び向き合うのにはとても勇気がいるわけで……

「どうしよう、ハチ……」

私はうじうじと、ハチベエの柔らかい背中に「の」の字を書くのだった。

「ンナーウ」

それまで辛抱強く愚痴《ぐち》を聞いてくれていたハチベエが、なんとも迷惑そうに鳴く。

そして起き上がると、私から離れた場所に移動して丸くなった。

近付こうとすると、不機嫌そうに尻尾をべしっ、べしっと布団に叩きつける。

「ハ、ハチぃ……」

とうとうハチベエにまで見限られてしまった。

ちなみにクロスケとトラキチはとっくに寝入っている。

「ううう」

癒《いや》しの時間が終了し、私は観念して布団の中に入った。

「はあ……」

このところ、仕事のあとや休みの日に一人でごはんを食べているからか、胸にぽっかりと穴が空《あ》いたような寂しさを感じてしまう。

それはきっと、徳川さんや秀哉くんと賑《にぎ》やかに過ごす時間に慣れていたせいなのだろう。

(ただ、元の生活に戻っただけじゃない……)

いずれ時間が解決してくれる。

その時にはきっと、徳川さんの結婚も祝福できるようになっている……はず。

そう自分に言い聞かせて、私はそっと目を閉じた。

それから数日が過ぎ、秀哉くんの誕生日パーティー当日。

前々から招待を受けていたし、さすがに今日くらいは顔を出さなければと、私は少しおめかしして、プレゼントの入った紙袋を手に徳川さんのマンションに向かった。

幸い、日曜日だったのでお店は休みだ。

これまで避《さ》けてしまった分も、ちゃんとお祝いしよう。

そう思ってマンションのエントランスに足を踏み入れると、インターホンの前に若い女性が立っていた。

(あれ……?)

彼女が持っている紙袋からは、ラッピングが施《ほどこ》された大きな箱が顔を覗かせている。

その女性は私に気付いたのかこちらに振り返り、「あっ」と声を上げた。

「もしかして『あきやま』の朋美さん、ですか?」

「は、はい」

(この人……)

水戸さんのお孫さんだ。前に写真を見せてもらったのでわかる。

でも、どうして彼女が私のことを?

「朋美さんも秀哉くんの誕生日パーティーにいらっしゃったんですよね。康孝さんに聞いていた通りの美人さんで、びっくりしちゃった」

彼女は屈託《くったく》のない笑みを浮かべる。

(や、康孝さん……って)

もうそんな風に呼ぶ間柄《あいだがら》なんだ……と、私の胸がツキンと痛んだ。

まさか彼女もパーティーに呼ばれていたなんて。

いや、関係を考えれば自然なことだよね。むしろ、なんでこの可能性に気付かなかったんだろう。

「あ、康孝さん。今朋美さんも一緒なんです。そう、偶然。開けて下さいな」

動揺する私を尻目に、彼女はインターホン越しに徳川さんと話して扉を開けてもらう。

「さ、行きましょう」

「え、ええ」

彼女に手を引かれ、私も共にエレベーターへ。

「うちのおじいちゃんも朋美さんの大ファンなんですよ。よくお店に行ったって自慢してるんです。そのくせ、私もお店に行きたいって言うと『だめだ、あそこは大人が静かに酒と料理を楽しむ場所だ』なんて、連れていってくれないの。私ももう大人なのに。だから今度こっそり行っちゃおうと思って。ね？　いいですよね？」

「も、もちろん……」

（その時には、徳川さんと一緒に来るのかな……）

私は内心泣きそうになりながら、彼女と二人、徳川さんの部屋を訪ねた。

「康孝さーん、来ましたよー」

彼女がインターホンを押して呼びかけると、すぐに扉が開いて、徳川さんが出迎えてくれる。

「いらっしゃい！　待ってたよ」

彼は水戸さんのお孫さんの姿を見て、満面の笑みを浮かべた。

（……っ）

「迷わなかった？」

「途中まで送ってもらったから、大丈夫」

親しげに言葉を交わし、微笑み合う二人を間近で見た私は、胸が潰《つぶ》れるんじゃないかと思うくらいの苦しさを感じた。

二人がお似合いの恋人同士に見えて、打ちのめされる。

せっかくのお祝いの席なのに、みっともなく泣いてしまいそうだ。

「朋美さんも、今日は来てくれて本当にありがとう」

徳川さんは、私にも笑顔を向けてくれる。

でも今は、そんな表情を見るのさえ辛かった。

パーティーの間中、ずっとこんな気持ちに苛《さいな》まれ続けるのだろうか。

そう思って俯《うつむ》いた時、私の鞄《かばん》からスマートフォンの着信音が鳴り響いた。

（電話……？）

「すみません」

二人に断り、少し離れて電話に出る。

スマートフォンの画面に表示された着信相手は、隣家に住む小池《こいけ》さんちのおばあちゃんだった。

旦那さんと二人暮らしで、たまにご夫婦でうちのお店に食べに来てくれる、昔からお付き合いのあるご近所さんだ。

（どうしたんだろう？）

「もしもし？」

『もしもし、朋美ちゃん？　おでかけ中にごめんなさいね。実は……』

「えっ」

おばあちゃんが言うには、我が家の二階の窓が開いていて、そこからベランダ伝いにトラキチが逃げ出すのを目撃して、慌てて連絡をくれたらしい。

（二階の窓？　どうして……って、あっ！）

そういえば、出かける前に洗濯物をベランダに干した。それで部屋に戻る際、掃《は》き出し窓の鍵をかけた記憶がない。ついでに、部屋の扉も開けっぱなしだった気がする。

たとえ窓を閉めていても、鍵がかかっていない引き窓なら、うちの猫達は簡単に開けてしまう。

私がちゃんと戸締りをしなかったから……！

『おじいさんがトラちゃんの後を追いかけているし、すぐ見つかると思うわ。でも、他の猫ちゃん達も逃げ出してしまうかもしれないから……』

今はおばあちゃんが見張ってくれているけど、いつ他の二匹も外に飛び出してしまうかわからない。玄関の鍵はしっかりかけてきたので、代わりに窓を閉めてもらうこともできないし、そもそもそんな図々《ずうずう》しいことを頼むわけにもいかないだろう。

何より、逃げ出していったトラキチのことを放っておくわけには……

「ご迷惑をおかけして、本当にごめんなさい。すぐ戻ります」

『私達のことなら気にしなくていいのよ。それに、トラちゃんならきっと大丈夫だから』

「ありがとうございます……」

気を悪くするどころか優しい言葉をかけてくれるおばあちゃんにこれから帰ると告げて、私は電話を切る。

そして、何事かとこちらの様子を窺《うかが》っていた徳川さんと水戸さんのお孫さんに頭を下げた。

「ごめんなさい、実は……」

二人に飼っている猫が逃げ出したことを話すと、徳川さんは「俺と秀哉も一緒に捜しに行こうか?」と申し出てくれた。

水戸さんのお孫さんも、「私も力になりますよ」と言ってくれる。お祖父《じい》さんの言った通り、優しい女性だ。

その気持ちはありがたかったけれど、せっかくの秀哉くんの誕生日を猫捜しで潰《つぶ》してしまうわけにはいかない。

「いえ、ご近所の方が捜してくれているので大丈夫です。でも、そういうわけなので、申し訳ありませんが今日はお暇《いとま》させてもらいますね。このプレゼント、秀哉くんに渡していただけますか」

私は持っていたプレゼントを徳川さんに手渡した。

「秀哉くんに『ごめんなさい』と。それから『お誕生日おめでとう』と、伝えて下さい」

あとできれば、猫が逃げ出したことは話さず、急用ができて帰らなければならなくなったと話してほしいと頼む。

トラキチが逃げ出したことを知れば、心配した秀哉くんが捜しに来てしまうかもしれない。

徳川さんが一生懸命準備したパーティーだ。……三人で、楽しんでほしい。

「本当に、ごめんなさい」

二人に深々と頭を下げると、私は早足でエレベーターに向かった。

（ああ、どうしてちゃんと戸締りをしておかなかったんだろう）

後悔と自責の念が、次から次へと溢《あふ》れてくる。

（トラ……！）

もしこのまま行方《ゆくえ》不明になったり、事故に遭《あ》ったりしたらと思うと、胸が張り裂けそう。

お願いだから無事でいて、と祈るような気持ちで、私は家路を急いだ。

そうして電車を降り、最寄駅から駆け足で自宅へ向かう。

「おばあちゃん！」

「ああ、朋美ちゃん。他の猫ちゃん達は、まだ出てきていないわ」

小池のおばあちゃんは、家の前に立ってベランダを見張ってくれていた。

私は慌てて玄関の鍵を開け、二階に上がって窓を閉め、今度こそしっかりと鍵をかける。

「ニャアン」

「ニャー」

そんな私の足元に、ハチベエとクロスケ、二匹の猫が甘えるように纏《まと》わりついた。

けれど、いつもならそこに混ざってくるトラキチの姿はない。

「ごめんね、ハチ、クロ。トラを捜しに行ってくるね」

念のため家の中を一通り確認してから、私は外に出た。

そして小池のおじいちゃんがトラキチを追いかけていった方向を聞き、おばあちゃんには連絡役として家に残ってもらって、私も捜しに向かう。

「トラ、トラー」

名前を呼んで捜し回っていると、途中でトラキチを見失ったという小池のおじいちゃんと合流した。

「すまんねえ、朋美ちゃん」

「いえそんな！　捜してくれてありがとう、おじいちゃん。本当にごめんなさい」

「気にしなくていいんだよ。困った時はお互い様だ」

おじいちゃんはそう言って、その後も手分けして一緒にトラキチを捜してくれた。

名前を呼びつつご近所中を回って、いったん家に戻って猫達の好きなおやつを手に再び捜し回る。

その間も、万が一があったらと思うと不安でたまらなかった。

「出ておいで、トラ。トラー！」

逃げ出したことは怒らないから、出ておいで。

お願いだから、元気な姿を見せて。

「トラキチ……」

捜し始めて、もう三時間は経っただろうか。

トラキチの姿は見当たらない。

「うう……っ」

やだ、涙が滲《にじ》んできちゃった。泣いている場合じゃないのに。

「……ナアン」

手の甲で涙を拭《ぬぐ》ったその時、微《かす》かに猫の鳴き声がして振り向くと、建物の陰から少し汚れたトラ猫が姿を現した。

「トラ！」

トラキチはトテテ……とこちらに駆け寄ってくる。

「もう！　心配かけて！」

怒らないからなんて思っていたのに、元気そうなトラキチの顔を見たらつい声を荒らげてしまう。

「ナウン……」

トラキチも悪いことをしたとわかっているのか、まるで「ごめんなさい」とでも言うように鳴いた。

でも一番悪いのは、戸締りをしっかりしなかった私なんだよね。

「ごめんね、トラ……」

「ニャーウ」

私は擦《す》り寄ってきたトラキチを抱き上げ、怪我をしていないか確認する。

幸いなことに、トラキチは怪我一つしていなかった。

「無事でよかった……」

ほっとしたら、また涙が出てきちゃった。

トラキチを抱いて、他の場所を捜してくれていた小池のおじいちゃんのところに向かう。

おじいちゃんは私の腕の中のトラキチを見て、「ああ、よかった」と胸を撫《な》で下ろした。

「見つかってよかったねえ、朋美ちゃん」

「一緒に捜してくれてありがとう、おじいちゃん。おばあちゃんにも、お礼を言わなきゃ」

私は涙を拭《ぬぐ》って、小池のおじいちゃんと一緒に家に戻った。

そして、自宅で待ってくれていたおばあちゃんにもトラキチが見つかったことを伝え、改めてお礼を言う。

「おじいちゃん、おばあちゃん。本当にご心配をおかけしました。今度、またお店に食べに来て下さい。今日のお礼にごちそうさせて」

「気にしなくていいのよ、朋美ちゃん」

「そうそう。でも、また近々食べに行かせてもらうよ」

優しい隣人に再度お礼を言って、私はトラキチを連れて自宅に戻る。

二階に上がって抱いていたトラキチを放すと、トラキチはハチベエとクロスケのもとへ駆け寄り、じゃれ始めた。

「はあ……」

三匹の姿を見て、肩の力が抜ける。

同時に疲労感を覚え、私はずるずると床の上に座り込んだ。

(あ……)

無意識のうちに手をきつく握り締めていたらしく、掌《てのひら》に爪の痕《あと》がついていた。

気付いたとたん、地味に痛くなってくる。

(でも、見つかって本当によかった……)

安心したら、お腹が空《す》いてきちゃった。

お昼ごはんを食べないまま今の今まで、ご近所中を捜し回っていたからなあ。

「はあ……」

秀哉くんの誕生日パーティーも、もう終わっているころかな。

あの三人は、楽しい時間を過ごしたのだろうか。

（帰ってきて、よかったのかも……）

約束を守れなかったことは申し訳ないし、一緒に試作を重ねてきた徳川さんの料理を食べられなかったことは残念だ。けれども一方で、あの場に残らずに済んでよかったと、安堵《あんど》している自分がいる。

徳川さんと、婚約者である水戸さんのお孫さんが親しげに言葉を交わしている姿を見ただけで胸が潰《つぶ》れそうになったんだもの。

あれ以上一緒にいたら、耐えられなかったかもしれない。

「ンナーオ」

それまで三匹でじゃれていた猫達が、私の方に近付いてきた。

その可愛らしい姿を見た瞬間、箍《たが》が外れてしまったかのように、涙が溢《あふ》れてくる。

「トラのせいだよ……」

さっきトラキチに泣かされたから涙腺《るいせん》がゆるゆるになっちゃってるんだと、我ながらひどい言いがかりをつけた。

「なんてね。ごめんね、本当はトラのせいじゃない。……私、失恋しちゃったんだ」

本当はもっと前にしていたのだけれど、今日、それが決定的なものとなった。

「ニャーウ？」

擦《す》り寄ってきてくれたクロスケの身体を抱き上げて、語りかける。

「とってもお似合いの二人だったの」

そして、そんな二人の姿を見るのが辛くてしょうがなかった。

ずっと諦めなくちゃと思っていたのに、私の心には徳川さんに対する想いがまだ燻《くすぶ》っていたんだ。

「……どれくらい待てば、この苦しさはなくなるのかな……」

これまでだって、失恋したことはある。

前の恋人と別れた時だって、辛かった。

けれど、こんなに胸が痛くて苦しいのは初めてかもしれない。

「ニャウ」

クロスケが、私の頬を濡《ぬ》らす涙をぺろりと舐《な》めてくれる。

「ありがとう……」

ここには猫達の他に誰もいない。

だから私は誰に憚《はばか》ることなく泣ける。

いっぱい泣いて、泣いて、泣いたら……

少しはすっきりして、また前を向いて歩けるようになるだろうか。

そんなことを思いながら、私は猫達に慰《なぐさ》められつつ、涙を零《こぼ》した。

そして、その翌日。

「はあ……」

私は自分の目元を気にしながら、ランチの仕込みに勤《いそ》しんでいた。

昨日たくさん泣いてしまったせいで、目元が赤く腫《は》れている。一応冷やしてお化粧もちょっと厚くしてみたんだけど、ちゃんと隠れているだろうか。

あれだけ泣けば少しはすっきりするかと思ったけれど、苦しさは相変わらず胸に残っている。

おまけに、昨夜秀哉くんから「どうして来てくれなかったの」というメールが届いて、申し訳なさと罪悪感が募《つの》った。

ちなみに徳川さんからもトラキチを心配するメールが来ていたので、そちらには無事見つかったと返信しておいた。

(秀哉くんには悪いことしちゃったなあ……)

メールの返信でトラキチが逃げ出したことを話して謝ったところ、「なんで教えてくれなかったの！」とかえって怒られてしまった。

今回の件は、戸締りをしっかりしていなかった上、誕生日を台無しにしたくなかったとはいえ、説明もせず帰った私が全面的に悪い。

だから、今度ちゃんと会って直接謝らないと……

まだ徳川さんと顔を合わせるのは辛いけれど、いつまでも逃げているわけにはいかないよね。

そう思いながら大根の皮を剥《む》いていたら、エプロンのポケットに入れていたスマートフォンが鳴った。この音は、メールではなく電話だ。

（誰だろう？）

いったん手を洗って拭《ふ》いてから、スマートフォンを取り出す。

見れば、着信の相手は徳川さんだった。

「う……」

しかし電話に出るのを躊躇《ためら》っているうちに、着信が切れてしまう。

いつもはメールでやりとりをしているので、電話をしてくるなんて珍しい。何の用だったんだろう？　と思っていたら、今度は店の電話が鳴った。

こちらにはナンバーディスプレイ機能がついていないので、出てみないと相手がわからない。

（徳川さん？）

それとも、予約の電話だろうか。

「はい、『小料理　あきやま』です」

『朋美さん？　よかった。徳川です。突然申し訳ないけど、秀哉がそっちに行ってないかな？』

「えっ」

秀哉くんが家に来てないかって、どういう……

『秀哉の小学校から連絡があって、登校してないって言うんだ。でもあいつ、今朝はランドセルを背負って普通に家を出たんだよ。その途中でいなくなったみたいで……』

「そんな……！」

もしや誘拐《ゆうかい》!?　と、嫌な想像が頭を過《よぎ》る。

『今家に帰ったら、あいつの部屋にランドセルが置いてあって、代わりにリュックなんかがなくなっていたから、たぶん家出……なんだと思う。それで、朋美さんのところに行ってないかと思って』

「いえ、家には来ていません」

どうやら、秀哉くんは自主的にどこかへ行った様子だ。

登校途中に何かあったわけではないようで少し安心したけれど、もし家出の途中で事故に遭《あ》ったり、悪い大人に攫《さら》われてしまったりしたら？

まさか、二日続けてこんな心配をする羽目になるなんて……

「あっ、秀哉くんの携帯電話は？」

秀哉くんが持っているキッズ用の携帯電話ならＧＰＳ機能がついているんじゃないか

と思って尋ねたが、どうやら部屋に置き去りにされていたらしい。

(秀哉くん……)

「私も家の周りを捜してみます」

『ありがとう。見つかったら連絡してほしい』

「わかりました」

電話を終え、私は途中だった仕込みを切り上げ、エプロンを外して二階に上がった。

すぐに見つかるならいいけど、時間がかかりそうなら今日のランチ営業は無理だろう。だから紙に臨時休業と書いて、店の入り口に貼っておく。それから家の玄関にも、もし入れ違いで秀哉くんがきた時のために伝言を書いて貼っておいた。

そして家の周りを捜し歩く。隣に住む小池のおじいちゃんとおばあちゃん、近所の人や通りかかった人に小学生くらいの男の子を見なかったかと聞いてみたけれど、見た人はいなかった。

さらに近くの駅に行って駅員さんや売店の店員さんにも聞いてみたものの、こちらも同様だ。

この辺りはオフィス街なので、今くらいの時間に小学生が一人で歩いていたらとても目立つ。

なのに誰も見ていないということは、秀哉くんはここではなく、別の場所に向かった可能性が高いだろう。

そのことを徳川さんに伝えようと思った時、ちょうど彼から着信があった。

『ごめん。見つかった？』

「いえ……」

私は、このあたりでは誰も秀哉くんの姿を見ていないことを話した。

『そうか、それならやっぱり……』

「やっぱり？」

徳川さん、他に心当たりがあるの？

『今、家の近くの駅にいるんだけど、そこの駅員が秀哉くらいの年齢の男の子がリュックを背負って電車に乗ったのを見たって言うんだ。その電車が朋美さんの家の方面だったからそっちに行ったのかと考えたけど、そうじゃないならたぶん、前に住んでいた町に行ったんだと思う』

「あっ、埼玉の……！」

秀哉くんはお母さんが亡くなるまで、埼玉で暮らしていた。

確か徳川さんのマンションの最寄駅の路線は、かつて秀哉くんが暮らしていた町まで続いている。

「私、すぐ追いかけます！」

『待って、あの家は駅から少し離れているし、車で行った方が早い。今そっちに向かうから、付き合わせて申し訳ないけど、一緒に来てくれる？』

「もちろんです！」

乗りかかった船だし、何より秀哉くんのことが心配だ。

このまま家でやきもきするより、一緒に捜しに行きたい。

私はいったん家に戻り、徳川さんと合流して一路埼玉へ向かった。


「…………」

車内の雰囲気は重苦しかった。

私も徳川さんも、秀哉くんのことが心配で気が気じゃなかったのだ。

また、これまで二人を避《さ》けていた分、気まずさもあった。

「あ、あの」

でも、どうしても聞いておきたくて、私は意を決して、真剣な表情でハンドルを握る徳川さんに話しかけた。

「秀哉くん、どうして家出なんて……」

「それは、たぶん……」

徳川さんは、昨日私が帰ってしまったあとのことを話してくれた。

私がプレゼントだけ預けて帰ったことで、秀哉くんはすっかりへそを曲げてしまったらしい。

「最近なかなか会えなかった分、久しぶりに朋美さんが来てくれるのを楽しみにしていたんだ。だから、よけいに……」

「……ごめんなさい……」

私はぎゅっと自分の手を握り、謝罪の言葉を口にした。

約束を破って、秀哉くんを傷付けた。

せっかくの、年に一度の誕生日だったのに、嫌な思いをさせてしまったのだ。

すると、徳川さんが慌てた様子で言葉を重ねる。

「ごめん！　責めるような言い方になった。でも違うんだ。朋美さんが悪いわけじゃない」

「え……？」

「へそを曲げたのは本当だけど、朋美さんからのプレゼントを見て、一応機嫌を直したんだ。子猫のジグソーパズルを、可愛いって喜んでいたよ」

それなら何故家出なんて……と疑問に思いながら、私は徳川さんの話に耳を傾ける。

「問題は、そのあとなんだ。秀哉と二人で誕生日パーティーをしていたら……」

「えっ、二人？」

私が驚きの声を上げると、首を傾げた徳川さんはしばらく考えてから、何かに思い至ったように言葉を続けた。

「昨日居合わせた水戸さんのお孫さんは、水戸さんからの誕生日プレゼントを持ってきてくれただけだよ」

だから、私が帰ったあと彼女もすぐに帰ったらしい。

「で、でも、徳川さんの縁談のお相手……なんですよね？」

「どうしてそのことを⁉　……って、あー、水戸さんか。あの人は本当にもう……」

徳川さんはぶつくさと文句を言う。

「それは半分正解で、半分外れ。確かに俺は、水戸さんからお孫さんとのお見合いの話を持ちかけられた。だけど、すぐ断ったよ」

「えっ！　だって水戸さんは、二人とも乗り気だって」

「そんなこと言ってたのか⁉　本当に勘弁してくれ……」

水戸さんの話では、もう二人は結婚までまっしぐらって感じだったのに、違うの？

「……どうしてもって押し切られて、一度はお見合いというか、食事はしたよ。とはいえ、さっきも言った通りすぐ断った。彼女の両親も納得してくれて、それで話は終わりのはずだったんだ」

徳川さんはため息を吐いてから、続きを話してくれる。

「でも昨日の朝、水戸さんから突然電話があってね。自分も秀哉に誕生日プレゼントを用意したから、孫娘に持って行かせるって。以前うっかり秀哉の誕生日パーティーの話をしたばっかりに……。たぶんあの人は、それを口実に俺達をもう一度会わせようとしたんだろう。そうしたら俺の気が変わるって思ったのかもね」

（み、水戸さん……）

「それに、その気がないのは彼女も同じ。水戸さんがしつこくて仕方なくプレゼントを持ってきてくれたみたいだけど、朋美さんが帰ったあとではっきり言われたよ。自分には恋人がいるので、俺と結婚するつもりはないって。祖父はまだ諦めていないが、改めて自分からも断りを入れておくから安心してくれってさ」

「そ、そうだったんですか……」

じゃあ、徳川さんが縁談に乗り気だっていう話は水戸さんの思い込みで、二人の仲が進展していると思ったのは、私の勘違いだった……ってこと？

「で、でも、その……。徳川さんと水戸さんのお孫さん、とても親しそうに見えました」

「まあ、家の付き合いで昔から面識があるからね。だからこそ、今更もう一度会ったくらいで気が変わるわけないのに、水戸さんときたら……」

そこまで話して、徳川さんははたと何かに気付いたように口を噤《つぐ》む。

そして何故か、私の方を見てちらりと呟いた。

「朋美さん、もしかして……」

「……徳川さん？」

けれど彼は運転中のため、すぐに前方に視線を戻し、「もしかして」の先を聞くことはできなかった。

(どうしたんだろう？)

よくわからないものの、とにかく、徳川さんと水戸さんのお孫さんのことは私の勘違いだったらしい。

……私、勘違いした挙句《あげく》、ずっと徳川さん達を避《さ》けてしまっていたんだ。

なんて馬鹿なことをしていたんだろうと、自分が恥ずかしくなる。

私が内心で頭を抱えていたら、前を向いたままの徳川さんが運転しつつ言う。

「……話が脱線しちゃったね。とにかくそんなわけで、俺達は二人で秀哉の誕生日を祝っていた。そうそう、朋美さんが一緒に考えてくれたメニュー、とっても喜んでもらえたよ。プレゼントのプラモデルもね。それで上機嫌なまま終わればよかったんだけど……」

彼が言うには、ちょうどバースデーケーキを食べていたころ、ニューヨークにいる秀哉くんのお父さんから電話があったのだとか。

「兄は誕生日には間に合わなかったけど、数日後に一時帰国して秀哉と過ごすはずだったんだ。でもあっちでトラブルがあって、帰国できなくなったっていう連絡だった」

秀哉くんは、お父さんと久しぶりに会えるのをとても楽しみにしていた。

それが叶わなくなったと知らされた秀哉くんは激しい癇癪《かんしゃく》を起こし、「パパはぼくがきらいなんだ！　どうでもいいんだ！」と泣いて、お父さんから送られてきたプレゼントを床に叩きつけたらしい。

「その時、俺がきつく叱ってしまったんだ」

徳川さんは泣いて暴れる秀哉くんを取り押さえ、そんなことをしちゃだめだと叱り、パパだって本当は秀哉と会いたいと思っている、でも仕方ないんだと諭《さと》した。

けれど秀哉くんは聞き入れず、拗《す》ねて自分の部屋に引き籠《こ》もってしまい、今朝も不機嫌なまま学校へ行った……と思ったら行方《ゆくえ》知れず。

徳川さんは、もっと秀哉の気持ちに寄り添《そ》うべきだったと後悔しているようだ。

私も、昨日どうしてちゃんと戸締りしておかなかったんだろうと、改めて悔《く》やむ。

あるいは、徳川さんの厚意を素直に受け止めて、一緒にトラキチを捜してもらっていれば……

トラキチが見つかったあと、秀哉くんに会いに行っていれば……

私がその場にいたら、お父さんが帰国できないことを知った秀哉くんを慰《なぐさ》めたり、彼を叱ってしまった徳川さんとの間を取り持ったりくらいはできたかもしれないのに。

もしくは、秀哉くんにメールをするだけで済まさず、せめて電話で話していれば……

そうしたら、秀哉くんは家出なんてしなかったかもしれない。

タラレバをいくら並べても仕方ないとわかっていても、つい考えてしまう。

徳川さんが経緯をあらかた話し終えると、車中に重い沈黙が落ちる。

彼は昨日の私と同じ……ううん、それ以上に心配で、不安でたまらないのだろう。

（お願い、無事でいて……）

私はぎゅっと、自分の手をきつく握り締める。

昨日トラキチが無事に見つかったように、秀哉くんも無事に見つかりますように……

と祈りつつ、私達はあの子がかつてご両親と暮らしていた場所を目指した。

車に乗ってから一時間半ほど経ったころ、徳川さんが「もうすぐ着くよ」と言って、
車を住宅地へ入れる。

「あっ！」

車の前方、家と家に挟まれた空《あ》き地の前に、小さな人影がぽつんと立っているのに気付いた。

「秀哉くん！」

あれはきっと秀哉くんだ！　そう思った私は、徳川さんが路肩《ろかた》に停めてくれた車から

飛び出して、空《あ》き地へと走った。

「と、朋美さん……？」

驚きの表情で振り返った人影——秀哉くんは顔をくしゃっと歪《ゆが》め、泣きながらこちらに駆け寄ってくる。

「朋美さん！　ぼ、ぼくの家、なくなってる……！」

「秀哉くん……」

わんわんと泣きじゃくる小さな身体を、ぎゅっと抱き締めた。

「秀哉くん、怪我はない？　どこか、痛いところは？」

私は泣きじゃくる秀哉くんの身体を検《あらた》める。そしてどこにも怪我がないことを確かめて、ほっと胸を撫《な》で下ろした。

「無事でよかった……」

「心配、してくれたの？」

「当たり前じゃない」

「秀哉！」

秀哉くんの涙を指の腹で拭《ぬぐ》っていると、遅れて徳川さんもやってきた。

彼は秀哉くんを見るなり、怒りも露《あら》わに怒鳴りつける。

「どれだけの人に心配をかけたと思ってるんだ！　この馬鹿者！」

（ひゃっ……！）

私も竦《すく》んでしまうくらい怖い顔をした徳川さんの叱責に、秀哉くんはびくっと身体を震わせた。

徳川さん、本気で怒ってる。

ここへ来るまで、もし事故に遭《あ》っていたら、もし誘拐《ゆうかい》されていたら……と気が気じゃなかった分、憤《いきどお》りも大きいのだろう。

昨日、私も似た思いをしたから、よくわかる。

徳川さんは震える拳をきつく握り締め、秀哉くんに一歩近づいた。

殴られる……！　と思ったのか、秀哉くんはぎゅっと目を瞑《つぶ》り衝撃に耐えようとする。

けれど徳川さんは拳を開き、壊れ物に触れるように秀哉くんの頭を撫《な》でた。

「本当に……無事で、よかった……」

そう噛《か》み締めるみたいに呟く徳川さんの目には、涙が浮かんでいる。

「おじさん……」

その姿は、何よりも強く秀哉くんの心に響いたのだろう。

叔父《おじ》さんは本気で自分の身を案じていたのだと、だからこそ自分を叱ったのだと、その裏にある愛情が秀哉くんにも伝わったはずだ。

「ご、ごめんなさい！　ごめんなさい‼」

秀哉くんは泣きながら、何度も何度も謝った。

そんな甥《おい》っ子の小さな身体を、徳川さんは力強く抱き締める。

「もう二度と、こんな馬鹿な真似《まね》はするな」

「ごめんなさい……っ」

噛《か》み締めるように呟かれた言葉に、秀哉くんは泣きじゃくって頷いた。

(秀哉くん、徳川さん……)

二人の姿を見ていると、なんだか私まで泣きそうになってしまう。

(秀哉くんが無事に見つかって、本当によかった)


それから、徳川さんは学校や会社、近所の交番などの関係各所に秀哉くんを無事保護したことを連絡し、心配と迷惑をかけたことを何度も謝っていた。

私も、心配していた小池のおじいちゃんとおばあちゃんに報告の電話をする。他のご近所さん達には、二人から伝えてくれるらしい。

張本人である秀哉くんも徳川さんに促《うなが》され、電話越しに謝る。

「ごめんなさい……」

秀哉くんは心から反省しているようだ。

「朋美さん」

そして一通り連絡が終わると、徳川さんは私に向かって頭を下げた。

「朋美さんまで巻き込んでしまって、本当に申し訳ない。店も休ませてしまったね……」

それを聞いて、秀哉くんははっとした顔で私を見上げた。

「ご、ごめんなさい。ぼく……」

「お店のことなら大丈夫。でも、もう二度とこんな風にいなくならないで。みんな、秀哉くんのことが大切だから、すごく心配したの。それがどれだけ悪いことなのかは、秀哉くんにもわかるよね？」

私は秀哉くんの小さな手をぎゅっと握って、そう言い聞かせた。

「うん……。ごめんなさい……」

「それじゃあ、帰ろうか」

徳川さんに促《うなが》され、私達は車に乗り込む。

来る時は助手席に座ったけれど、秀哉くんが手を離さなかったので、私達は二人で後部座席に座った。

「秀哉」

車が走り出してしばらく経ったころ、徳川さんが「どうしてこんな真似《まね》をしたんだ？」と秀哉くんに問いかけた。

おおよその理由は察しているけれど、本人の口からちゃんと聞いておきたいと思ったのだろう。

「……だって……」

秀哉くんは、ぽつぽつと口を開く。

「せっかくの誕生日、だったのに……」

秀哉くんは私の方をちらっと見て、「朋美さん、来てくれなかった……」と呟いた。

やっぱり、私が約束を破ったことも原因の一つだったんだ。

申し訳なくて胸が押し潰《つぶ》されそうになる。私は、ただ「ごめんね」と謝るしかなかった。

「言ってくれれば、ぼくだってトラを捜したのに……。それにお父さんも、約束したのに来れないって、ひどいよ……」

同じ日に二人から約束を破られた。しかも、自分の誕生日に。

一年に一度しかない特別な日を台無しにされたようで、とても腹が立って、悲しくて。

おまけに徳川さんからも叱られて、ますます腹が立ったのだそうだ。

だから自分もトラキチみたいに家出して、お父さんや徳川さん、そして私を困らせてやろうと思ったらしい。

また、自分がいなくなればお父さんが心配して帰ってきてくれるのでは、とも考えたそうだ。

その話を聞いた徳川さんは「この馬鹿っ！」と再び怒声を上げ、秀哉くんは泣きながら「ごめんなさいいい！」と謝った。

泣きじゃくりつつ、秀哉くんは言葉を続ける。

「……そ、それに、前の家にっ、か、帰りたかった……」

どうやら今回の家出には、かつて家族と一緒に住んでいた家に対する恋しさもあったようだ。

そこにもうお母さんやお父さんはいないとわかっていても、懐《なつ》かしい我が家を一目見たかったのかもしれない。

けれど、その家はもうなくなってしまっていた。

「あの家は……」

あそこには以前、秀哉くんが家族と暮らした家があった。しかし彼の知らぬ間に家はなくなり、空《あ》き地になっていた。

徳川さんの説明によると、秀哉くん達はあの空《あ》き地にかつて建っていた古い一軒家で暮らしていたらしい。

元々は秀哉くんのお母さんが子どものころから住んでいた借家で、結婚したあとも変わらず住み続けていたのだとか。そのお母さんが亡くなり、秀哉くんが徳川さんに預けられることが決まると、住む人がいなくなってしまった。

一応、お兄さんは帰国後にまた秀哉くんと住むつもりで賃貸契約の継続を申し出たらしいんだけど、大家さんは古い家を壊して駐車場にしたかったみたいで、断られたそうだ。

そして借家は取り壊され、更地《さらち》に。何も知らなかった秀哉くんは変わり果てた家の跡地を見て、ショックで泣いてしまった。

徳川さんもお兄さんも、お母さんを亡くしたばかりの秀哉くんに、生まれた時から住んでいた家がもうなくなっているなんて言えなかったんだって。

そして私達が秀哉くんを捜しに来て、困らせてやろうと思っていたことも忘れて私の胸に飛び込んできて、今に至る……と。

家の跡地を前に泣いていた秀哉くんの気持ちを思うと、胸が切なくなる。

「ごめんなさい……。朋美さん、ぼくのこときらいになった……？」

秀哉くんは、泣き腫《は》らした目で私にそう問いかけてきた。

「嫌いになんてならないよ」

むしろ、私は秀哉くんに対する申し訳なさで胸がいっぱいだった。

不安そうに私を見上げる秀哉くんの肩を抱き寄せて、私も「ごめんなさい」と謝る。

「約束、破ってごめんね。本当に、ごめんなさい」

「……また、遊びにいっていい？」

「もちろん。いつでも遊びに来て」

そう告げれば、秀哉くんは安心したように微笑んだ。

そしてしばらくすると、疲れたのかそのまま寝入ってしまう。

「……秀哉、寝た？」

車のルームミラー越しに、徳川さんがこちらに視線を寄越した。

「はい」

「まったく、人をさんざん振り回して……」

文句を言いつつも、徳川さんの声には安堵《あんど》の色が滲《にじ》んでいる。

「でも、無事に見つかってよかったです」

私は鞄《かばん》からハンカチを取り出して、涙で濡《ぬ》れた秀哉くんの頬をそっと拭《ぬぐ》った。

「そうだね。それで……」

徳川さんが何かを話しかけた時、ちょうど信号が赤になって、車がゆっくりと停止する。

すると彼はこちらを振り返り、私の目をまっすぐ見て言った。

「申し訳ないんだけど、帰ったら、少しだけ時間をもらえないかな？」

そう口にした徳川さんの表情はいつになく真剣で、私は「はい」と頷いていた。

なんだろう？　何か、今ここで話せない話でもあるのだろうか。

九

徳川さんのマンションに着いても、秀哉くんは眠ったままだった。

住人用の地下駐車場に車を停め、徳川さんが秀哉くんを抱き上げて部屋まで運ぶ。

私は自分の鞄《かばん》の他に秀哉くんのリュックや徳川さんの鞄《かばん》を持って、そのあとに続いた。

「リビングで待っていて」

徳川さんは秀哉くんをベッドに寝かせに行くようだ。

私は言われた通り、リビングにお邪魔させてもらう。

持っていたリュックと鞄《かばん》をソファの上に置くと、ほどなくして徳川さんが秀哉くんの部屋から戻ってきた。

彼はそのままキッチンに向かい、コーヒーを淹《い》れてくれる。

私も何か手伝うと申し出たけれど、すぐ終わるからと断られた。

「お待たせ」

「ありがとうございます」

テーブルの上に、二人分のコーヒーカップが置かれる。

（良い匂い……）

カップから立ち昇るコーヒーの香りで、心が落ち着いた。

そして一口、もう一口……と飲んでいたら、頃合いを見計らったように徳川さんが口を開く。

「朋美さんにまで迷惑をかけて、本当に申し訳なかった。店も休ませてしまって……」

言うなり、徳川さんは深々と頭を下げた。

「ま、待って下さい」

私は慌てて、彼に頭を上げてもらう。

「今回のことは、私にも原因がありましたから……」

私が勝手に勘違いして、秀哉くんの気持ちも考えず二人を避《さ》けてしまったのが悪い。

誕生日パーティーだって、行くってちゃんと約束したのに、破ってしまった。

どうしてもっと上手く立ち回れなかったんだろうと、後悔でいっぱいだ。

おまけに私は昨日、パーティーに出ずに済んだことに安堵《あんど》すらしていた。

何度謝っても謝り足りないくらいだ。

「俺の気のせいだったらごめん。朋美さん、最近俺達のこと避《さ》けていた……よね？」

「……っ」

徳川さんに尋ねられ、私は息を呑んだ。

でも、そうだよね。あんな風にあからさまに避《さ》けていたら、徳川さんだって気付いて当然だ。

私はこくんと頷いて、彼の言葉を肯定《こうてい》した。

「やっぱり。どうしてなのか、聞いてもいい？」

「それは……」

私はためらいがちに、わけを話し始めた。

水戸さんから徳川さんの縁談の話を聞いたこと。

その時に二人とも乗り気だと言われて、結婚を考えている女性がいるなら、自分は距離を置いた方がいいんじゃないかと思ったこと。

「縁談は、本当にすぐに断ったんだよ」

徳川さんは、念を押すようにそう言った。

今回の件は私の早とちりだったとわかっているので、その言葉に頷く。

だけど、徳川さんにはいずれまたこういう話が出てくるんじゃないかな。

こんなに魅力的な男性を、世の女性が放っておくはずがないもの。

今は仕事や秀哉くんのことで手いっぱいの様子だけど、お兄さんだっていずれは帰国するんだろうし、徳川さんならお見合いをしなくても、素敵な恋人ができそう。

そういう未来を思い描くだけで胸が痛い。

「俺は……」

私が先のことを考えていると、徳川さんはぽつりぽつりと話し始めた。

「ここ数年はずっと仕事にかまけてばかりで、結婚はまったく頭になかった」

そういえば、水戸さんもそんなことを言っていたっけ。

「心惹《ひ》かれる女性がいても一歩が踏み出せず、ただ会って、話ができるだけで満足していて」

「っ……！」

（徳川さん、好きな人がいたんだ……）

「でも、秀哉と暮らすようになって、朋美さんと三人で食事したり、一緒に過ごしたりする間に、考えが変わった。会って話すだけで満足なんて、勇気を出せない自分への言い訳にすぎなかったんだ。俺も愛する人と結婚して子どもを持ちたいって、思うようになった」

「……そう、なんですね……」

嫌だ、これ以上聞きたくない。

徳川さんの口から好きな相手への想いを聞かされて、胸がズキズキと痛んだ。

「うん。そんな心境の変化を知られて縁談を勧められたけど、俺が結婚したいと思っている人は水戸さんの孫じゃないからね。俺が結婚したいのは……」

その時、徳川さんは何故か私の目をまっすぐ見つめた。

「君なんだ、朋美さん」

「…………え？」

い、今……なんて……

「『あきやま』で初めて会った時から、君に惹《ひ》かれていた」

驚きに目を見開く私の前で、徳川さんは気まずそうに頬を掻《か》きながら、話を続ける。

「店に足しげく通っていたのも、料理だけが目的じゃなかったよ。朋美さんに笑顔で『いらっしゃい』とか、『お仕事お疲れさまです』って言ってもらえるだけで、元気が出た。美味《おい》しい手料理と君の笑顔があるだけで、どんな疲れも吹き飛ぶんだ。俺はすっかり、朋美さんに胃袋と心を掴まれていたんだよ」

「そんな……」

ぜ、全然気付かなかった……

(だって、そんな、え？　ほ、本当に？)

初めて徳川さんと会った時のことは、今でも覚えている。

あのころ、私はまだ店を継いだばかりで失敗も多くて、何度「やっぱり私には無理だったのかな」と思ったことか。

お客様の数も今よりうんと少なくて、このままじゃ遠からずお店を手放すことになってしまうかもしれないと悩んでいた、ある日の夜。

あの時は、突然ひどい土砂《どしゃ》降《ぶ》りの雨が降り出して、私一人しかいない店内のＢＧＭもよく聞こえないくらいだった。

今日は雨の予報なんてなかったのになあって、思った記憶がある。

すると突然お店の戸が開いて、ずぶ濡《ぬ》れのお客様――徳川さんが飛び込んできたんだ。

『い、いらっしゃいませ』

彼は傘を持っておらず、髪から水が滴《したた》るほど濡《ぬ》れてしまっていた。

『こんな恰好ですみません。食事、できますか？』

驚きに目を見張る私に、徳川さんは申し訳なさそうにそう尋ねたっけ。

私ははっとして「もちろんです」と頷き、タオルを用意して徳川さんの濡《ぬ》れた髪や顔、服を拭《ふ》いた。

『ありがとう。駅に向かう途中で降られてしまって、どこかで雨宿りをと思った時に、この店のことを思い出したんです。以前はご夫婦でやっておられましたよね？　あなたは、娘さん？』

彼は両親が店をやっていた時分、何度か来店してくれたようだ。

『はい。両親が事故で亡くなりまして、しばらくお休みさせていただいていたんですが、私が後を継いで再開しました。父の味にはまだ及びませんが……』

『そうだったんですか……。お悔やみ申し上げます』

そう言って、徳川さんはカウンター席に座った。

『何か、おすすめはありますか?』

『今日でしたら……』

この時、私が彼におすすめしたのは、鱈《たら》ちり鍋。

旬《しゅん》の鱈《たら》、そして豆腐やネギ、春菊には昆布《こんぶ》の旨味《うまみ》がたっぷりと沁《し》み込んでいる。

それに熱々の鍋は、雨で冷えた身体を芯《しん》から温めてくれるだろう。

そう思っておすすめしたそれを、徳川さんは「いいね」と微笑んで、注文してくれた。

『お待たせいたしました』

『ありがとう、いただきます。……うわあ……、これは、美味《うま》い……』

ほろりと煮えた鱈《たら》の切り身を特製のポン酢タレにつけて口にした徳川さんは、子どもみたいに無邪気な顔で感嘆の声を上げる。

『心まで温まる料理だね』

そう言われた瞬間、私はしおれかけていた気持ちにたくさんの栄養をもらったような、そんな気がした。

『美味《うま》いなあ』

徳川さんは惚《ほ》れ惚《ぼ》れするくらいの食べっぷりを披露《ひろう》し、追加で注文した焼きおにぎりもぺろりと食べきった。

そしてその日から、うちのお店に足しげく通ってくれるようになったのだ。

今思うと、私はあの時の徳川さんの笑顔と言葉に支えられて、今日まで頑張ってこられたのかもしれない。

私が見失いかけていた初心《しょしん》――自分が作った料理を誰かに食べてもらう喜びを、徳川さんは私に思い出させてくれたんだ。

でもまさか、あの時から彼が私に惹《ひ》かれていてくれたなんて……

「秀哉を預かったばかりのころ、懐《なつ》いてもらえずに困っていた自分に親身になってくれて嬉しかった。秀哉も交えて一緒に過ごす時間が増えて、ますます君に惹《ひ》かれていったよ。朋美さんとだったら、結婚してもいいなって……。いや、結婚したいって、思ったんだ」

「嘘……」

「嘘じゃないさ。俺なりにアプローチしていたつもりだったけど、この分じゃ全然伝わってなかったみたいだね」

苦笑した徳川さんは、再び私の瞳をまっすぐ見つめて言う。

その表情は、とても真剣だった。

「俺が結婚したいのは、朋美さんです」

「……っ」

「もし朋美さんがどうしても受け入れがたいと思うなら、俺は潔《いさぎよ》く身を引く。でも、朋美さんに懐《なつ》いている秀哉にだけは、どうかこれまでと変わらず接してやってほしい」

彼はそう言って、私に深々と頭を下げた。

私と徳川さんの関係が、秀哉くんに影響しないように気遣って……

（徳川さん……）

彼に貰った言葉が、一つ一つ心に沁《し》みていく。

そして、秀哉くんのために真摯《しんし》に頭を下げられるこの人のことを、私は改めて、心から愛《いと》おしいと思った。

「頭を上げて下さい、徳川さん」

私もちゃんと、彼に告げなくちゃ。

自分の、想いを……

「私、昔からずっと、徳川さんが店に来てくれるのを楽しみにしていたんです」

「えっ」

「徳川さんが美味《おい》しそうに食べてくれるのを見るのが好きで、いつも、料理人冥利《みょうり》に尽きるって思っていました。でも、秀哉くんのことで一緒に過ごすことが増えて、それだけじゃないんだって気付いたんです。私も、あなたに惹《ひ》かれていました。その……恋愛対象として」

目の前で、徳川さんの目が見開かれる。

私も、さっきはこんな顔をしていたのかな。

「徳川さんのことが好きだから、昨日、あなたと水戸さんのお孫さんの親しげな姿を見ていて、たまらなくなりました。だから私、トラのことでパーティーに出られなくなって、よかったって思ってしまったんです。これ以上、徳川さんが他の女性と仲良くしているところを見なくて済むって。急に距離を置き始めたのも、さっき話した理由だけじゃなくて、本当は……自分が傷付きたくなかっただけなんです」

「朋美さん……」

「私、嫌な女ですよね……」

こんな告白をしては、徳川さんに嫌われてしまうかもしれない。

でも、言わずにいる方がもっと卑怯な気がした。

「そんなことない！」

「徳川さん……」

「君は、嫌な女なんかじゃない。むしろ俺は嬉しいよ。もしかしたら昨日、朋美さんは嫉妬《しっと》してくれたんじゃないかって、そうだったらいいなって、思っていたんだ」

「え……」

「君を苦しませておいてこんなことを言う俺は、最低かもしれないけどね」

嫉妬《しっと》するほど想ってもらえて嬉しいと、彼は微笑む。

「徳川さ……」

「康孝って、呼んで。朋美さんには、そう呼んでほしい」

「……や、康孝、さん……」

彼の名前を口にするだけで無性に緊張して、恥ずかしくて、ぎこちなくなってしまう。

それを聞いた徳川さん——じゃなくて、康孝さんは、それはそれは嬉しそうな笑みを浮かべた。

そんな顔をされたら、ますます恥ずかしくなってしまう。

「……朋美さん、改めて言わせて。俺は、君を愛しています。結婚を前提に、お付き合いしてもらえませんか？」

「……っ」

一度目の告白は、驚きが勝った。

でも二度目の今は、喜びで胸がいっぱいになっている。

「わ、私……。私は正直、康孝さんの奥さんとして相応《ふさわ》しいか、自信がありません……」

私の言葉を断りの文句だと思ったのか、康孝さんは微笑みから一転、表情を曇《くも》らせる。

違うの。私は……

「私は店をこれからも長く続けていきたい。だけど、それじゃ忙しいあなたの支えになれるかどうか……」

本当なら、家庭に入って多忙な康孝さんを全面的にサポートした方がいいのだろうし、そういうことができる女性の方が彼には相応《ふさわ》しいのではないかと思ってしまう。

「でも、私はお店も、康孝さんも諦めたくない」

どちらも同じくらい大切で、もう手放せないくらい、愛《いと》おしいんだもの。

「不安は、あります。それでも、私は康孝さんが好き……。秀哉くんのことも可愛いです。許されるなら、康孝さんと秀哉くんと家族になりたい。あなたの妻に相応《ふさわ》しくあれるよう、精一杯努力します。だから、こんな私でよかったら……末永く、よろしくお願いします」

自分の正直な想いを口にして、私は深々と頭を下げた。

「朋美さん、可愛すぎる……」

「えっ？」

唸《うな》るみたいに呟かれた声は、よく聞き取れなかった。

顔を上げた私に、康孝さんは続けて言う。

「俺は、朋美さんに店をやめてほしいとは考えていないよ。それに、朋美さんだけに過度な努力を強《し》いるつもりはない。夫婦は助け合うものだと思っている。朋美さんが俺を支えてくれるように、俺も君を支えていくよ。これから、ずっと……」

「康孝さん……」

五年前、私は元彼に「俺と店と、どっちが大事なんだ」と責められて、振られた。

あの時、店ではなく彼を選んでいたらって、思ったこともある。

でも今なら、はっきり言える。

私はあの時、夢を諦めなくてよかったんだって。

一人で店を切り盛りするのは大変だったし、辛いことも、苦しいこともあった。

だけど、私の料理を「美味《おい》しい」と言って喜んでくれるお客様の笑顔を前にしたら、
そんな苦労も吹き飛んでしまう。

それを教えてくれたのは、徳川さんだった。

そして彼は私に、愛も夢も、どちらも選んでいいと言ってくれる。

共に助け合い、支え合おうと言ってくれる。

こんな素敵な人に出会えて、私はなんて幸せなんだろう。

「ありがとうございます、康孝さん。私、頑張ります」

「朋美さん……」

熱を帯びた彼の瞳が、私を甘く見つめる。

「触れても、いい？」

問われ、こくんと頷くと、康孝さんの手が私の手に重なる。

大きな掌《てのひら》から伝わる温《ぬく》もりに、心臓がドキドキと早鐘《はやがね》を打った。

「……これだけじゃ、足りない」

彼はそう言って席を立つと、私の隣に座り直す。

「抱き締めても？」

少し緊張したけど、もちろん嫌なわけはなく、私は頷いた。

徳川さんがそっと、まるで壊れ物でも扱うように優しく抱き寄せてくれる。

いつかショッピングモールで嗅《か》いだシトラスの香りが、鼻腔《びこう》をくすぐった。

あの時ずっと包まれていたいと思った胸に、今、抱かれているんだ。

「私、この香り好きです……」

ぽつりと呟くと、彼はくすっと笑って、「香りだけ？」と聞いた。

私もくすっと笑って、「もちろん、あなたも」と答える。

そして、どちらからともなく、唇を重ねた。

「ん……っ」

最初は触れるだけだったのに、口付けはどんどん深まっていく。

康孝さんとする初めてのキスは、ほろ苦いコーヒーの味がした。

十

康孝さんと想いを交わし合って、キスをして……

本当はこのままもうしばらく一緒にいたかったけれど、そうは問屋《とんや》が卸《おろ》さなかった。

康孝さんのスマートフォンに会社から電話があって、秀哉くんが無事見つかったのだから仕事に戻ってほしいと連絡がきたのだ。

彼はそれに「わかった」とだけ答えて電話を切ったけど、その直後に「はあ～」と深いため息を吐いた。

「行きたくない」

渋面《じゅうめん》を浮かべて、子どもみたいな我儘《わがまま》を言う康孝さん。

私はくすっと笑って、小さな子を宥《なだ》めるようによしよしと彼の頭を撫《な》でた。

「駄目ですよ、康孝さん。お仕事なんですから」

「でも、離れたくないよ」

「康孝さん……」

そう言ってもらえるのは、すごく嬉しい。

本音を言うと、私だって離れがたいもの。

けれど私は、康孝さんのお仕事を邪魔する存在にはなりたくなかった。

「じゃあ、こういうのはどうです？」

私はあることを思いついて、彼に提案した。

秀哉くんが目を覚ますまで、私がこの家でお留守番をする。

そして秀哉くんが起きたら、一緒に私の家に行く。

康孝さんは、仕事が終わったら私の家に来る。

いつかのようにまた三人で夕飯を食べて、そのまま家に泊まっていくというのはどうだろう？

そう提案すると、康孝さんは「いいね」と喜んだあと、「でも、お店は？」と心配そうに尋ねた。

「今日はこのまま、夜も臨時休業にしようと思います」

幸い予約は入っていないし、これまで距離を置いてしまった分、秀哉くんの傍にいてあげたい。

何より私も、康孝さんと離れがたく思っているので、一緒に過ごす時間を持ちたかった。

「ごめんね。でも、ありがとう。早めに仕事を切り上げてくるから、待っていて」

「はい。秀哉くんと一緒に待っていますね」

私が頷くと、康孝さんは「こういうの、家族みたいでいいね」と嬉しそうに微笑んだ。

そして「ちょっと待ってて」と言って一度リビングから出ていき、一枚のカードを私に手渡す。

「これ……」

「家のカードキー。朋美さんに持っていてもらいたいんだ」

一階の扉と、この家の扉を開ける鍵らしい。

康孝さんと秀哉くんが一枚ずつ持っていて、私に渡してくれたのはそのスペアだ。

それから、彼は電子錠の暗証番号も教えてくれたので、私はその番号を手帳に書き込む。

「いつでも好きな時に来て」

「康孝さん……。ありがとうございます。大切にしますね」

私はなくさないように、貰ったカードキーを手帳と一緒に鞄《かばん》にしまった。

合鍵を貰って、いつでも好きな時に来ていいって言われると、本当に康孝さんの恋人になったんだなあって実感が湧いてくる。

(嬉しいなあ……)

そうだ。私も今度、彼に家の合鍵を渡そう。

(康孝さん、喜んでくれるかな)

そうだといいなと思いながら、私は仕事に戻るという康孝さんを玄関で見送った。

ちなみにこのマンションはオートロック式なので、出ていく時に改めて鍵をかける必要はないらしい。ただ念のため、ドアチェーンはつけておくよう言われた。

「いってらっしゃい」

「いってきます」

言うなり、康孝さんは私の頬にちゅっとキスをした。

「あっ」

驚いた私に、彼は「いってきますのキスだよ」と呟く。

ちょっと気恥ずかしかったけれど、なら私もと、康孝さんの頬に「いってらっしゃいのキス」をした。

なんだかラブラブな新婚夫婦みたいで、ドキドキしてしまう。

「お仕事、頑張って下さいね」

「朋美さんのキスのおかげで頑張れそうだ」

笑ってそんなことを言う康孝さんを見送り、私はリビングに戻る。

スマートフォンでネットニュースを見ながら時間を潰《つぶ》していると、しばらくして秀哉くんが起き出してきた。

秀哉くんは私がまだいるとは思っていなかったのか、びっくりした顔をしてこちらに駆け寄ってくる。

「朋美さん！　なんで？　お、おじさんは？」

「おはよう、秀哉くん。叔父《おじ》さんはお仕事に行ったよ」

そして秀哉くんに、今日はこれから私の家に行ってお泊まりすることを話すと、彼はぱあぁっと花が咲くような笑みを浮かべた。

「本当？　いいの？」

「もちろん。ハチ達も待ってるよ」

そうと決まったら、さっそくお泊まりの用意だ。

秀哉くんは明日も学校があるので、家から学校へ通えるようにランドセルや教科書など必要なものも持っていく。

着替えやタオル、ハブラシなどのお泊まり用品はバッグに詰めて、私が持つことにした。

「早く行こう！」

秀哉くんは待ちきれないみたいで、準備が終わるなり玄関に走っていく。

私は念のため火の元や戸締りを確認してから、秀哉くんと一緒にマンションを後にした。

「秀哉くん、お腹空《す》いたでしょう？　途中でごはんを食べていこうか」

現在の時刻はお昼の二時過ぎ。

私はもちろん、秀哉くんもまだ昼食をとっていない。

「何か食べたいものはある？」

そう尋ねると、秀哉くんは「うーん……」と考え込んだあと、ぼそっと呟いた。

「……朋美さんのおにぎり」

「えっ？　おにぎり、でいいの？」

家に来た時に何度か出したことがあるけど、ごく普通のおにぎりだよ？

「うん。朋美さんのおにぎり、食べたい」

おずおずとこちらを見上げて言う秀哉くんが可愛くて、胸がキュンッとしてしまう。

「わかった。お家に着いたら、美味《おい》しいおにぎり作ってあげるね」

「やったあ」

秀哉くんは嬉しそうにニコニコと笑う。

そして私達は電車に乗り、駅からは手を繋《つな》いで一緒に家に帰った。

まずは心配をおかけしたお隣のおじいちゃんおばあちゃんに、秀哉くんと揃ってご挨拶《あいさつ》。

それから自宅に戻り、玄関扉の貼り紙を剥《は》がして二階に上がる。

すると、リビングでくつろいでいた猫達が一斉に駆けつけてきた。

「ニャウ」

「ハチ！　クロ！　トラ！　久しぶり！」

「ナアウ！」

「ニャー！」

秀哉くんと猫達は、さっそく再会を喜び合う。

私は持っていた秀哉くんのお泊まり用バッグをリビング隣の和室に置いて、「お昼ごはんを作って来るね」と一言断ってから下に下りる。

厨房《ちゅうぼう》では、セットしていたご飯が大量に炊《た》き上がっていた。

これは自宅用に使うことにして、さっそく昼食作りを始める。

今日のランチ用に作っていた大根とニンジンのお味噌汁《みそしる》は、他の料理用に下拵《したごしら》えしておいた里芋とゴボウ、椎茸《しいたけ》も加えて具沢山にした。

それからおにぎりは、解《ほぐ》した鮭《さけ》の身と白ゴマをご飯に混ぜて握った鮭《さけ》おにぎりと、おかかを具にしたおかかおにぎりの二種類。どちらも焼き海苔《のり》で巻く。

沢庵《たくあん》を添《そ》えたお味噌汁《みそしる》とおにぎり、それからお箸《はし》を二膳お盆に載せて、二階のリビングまで運んだ。

「今日はこっちで食べようね。猫達にとられないよう、気をつけて」

猫達は魚の匂いに敏感《びんかん》なのだ。鮭《さけ》のおにぎりを狙ってテーブルに乗り上がろうとするのを、私は「こら！」と止める。

「トラ、だめだったら。いただきます！」

秀哉くんもなおも乗り上げようとするトラキチを叱ってから、手を合わせておにぎりを口にした。

「おいしい！」

「よかった。いっぱい食べてね」

おにぎりは、大皿にまとめて並べている。

多めに握ったので余るかなと思ったけど、秀哉くんはよほどお腹が空《す》いていたのか、私と二人でぺろりと平《たい》らげてしまった。

こんなことなら、康孝さんのお家で先に食べさせてあげた方がよかったかな？

でも恋人同士になったとはいえ、彼の留守中に勝手に食事を作るのには、まだ遠慮があった。

「ごちそうさまでした。片付け、ぼくも手伝うよ」

食べ終わった秀哉くんが手伝いを申し出てくれたので、私達は厨房《ちゅうぼう》に向かい、後片付けをする。

「ねえ、秀哉くん」

私は洗ったお皿を布巾《ふきん》で拭《ふ》いてくれる秀哉くんに、「今日の夜は何食べたい？」と尋ねた。

　具沢山のお味噌汁《みそしる》はまだ大量に残っているので、申し訳ないけれど、夜も同じお味噌《みそ》汁《しる》を食べてもらうことになる。

　その代わりメインの料理は、秀哉くんのリクエストに応《こた》えるつもりだ。

「なんでもいいの？」

「うん、なんでもいいよ」

「うーん。……あっ、あの、前に朋美さんが作ってくれた、そぼろご飯がいい！」

「そぼろご飯かあ」

　そういえば、前に作ってあげたことがあったっけ。

　鶏《とり》のそぼろを甘辛く炒《い》り煮したものと、ふわふわの炒《い》り卵をホカホカのご飯の上にたっぷりかけたメニューだ。

　ご飯がいっぱい余っているし、ちょうど鶏《とり》のひき肉もある。うん、いいかも。

「そうだね。それじゃあ今夜はそぼろご飯にしよう！」

「やったあ！」

　そぼろご飯とお味噌汁《みそしる》だけじゃ寂しいから、副菜も作ろう。

　何がいいかなあ……とメニューを思案していたら、秀哉くんにくいくいと服を引っ張られた。

「朋美さん、ぼくも一緒に作りたい」

「それじゃあ今日は二人でお夕飯を作って、叔父《おじ》さんに食べさせてあげようね」

「うん！」

無邪気な笑みを浮かべる秀哉くんに、今日お泊まりに誘ってよかったなあと、私はしみじみ思ったのだった。

そして、その日の夕暮れ時。

宣言通り早めに仕事を切り上げてきた康孝さんは、自身の荷物に加え、たくさんのお土産《みやげ》を抱えて我が家にやってきた。

「ただいま、朋美さん」

「おかえりなさい」

この場には秀哉くんもいるので、送り出した時のようにキスはできなかったけれど、康孝さんがこうして家に「帰って」きてくれただけで、胸がいっぱいになる。

「これはご両親に。それから朋美さんと秀哉にはこれ、猫ちゃん達にはこれ」

康孝さんは、私の両親に供えるためにと和菓子屋さんのおまんじゅうを買ってきてくれた。

さらには私と秀哉くんに大福と、猫達にはたくさんのおやつとおもちゃまで。

「ありがとうございます」

「うん。お線香、あげさせてもらっていいかな」

ちゃんとご挨拶《あいさつ》しておきたいんだと請《こ》われて、私は康孝さんを一階の和室に案内した。ここに両親のお仏壇《ぶつだん》があるのだ。

「ぼくもごあいさつ、する」

秀哉くんもそう言って、康孝さんの後ろからついてきた。

いただいたおまんじゅうの箱を仏前に供え、蝋燭《ろうそく》に火を灯す。

康孝さんはお線香をあげ、手を合わせてくれた。

秀哉くんもそれに倣《なら》って、手を合わせる。

二人が心の中でどんなご挨拶《あいさつ》をしているのかはわからなかったけど、その気持ちが嬉しかった。

(ありがとうございます、康孝さん。秀哉くん)

そしてお線香をあげたあと、私は康孝さんを二階に案内する。

これまで何度か家に上げたことはあったけど、実はまだ二階にお通ししたことはなかった。

夕飯は一階のダイニングかお店で食べていたからね。

いつも二階にいる猫達は、康孝さんに見たいと請《こ》われて下に連れて行ったことがあるので、面識はあるけど。

「こっち！　こっちがリビングだよ」

我が家の二階初体験の康孝さんを、先達の秀哉くんが張り切って案内する。

猫達は久しぶりに顔を合わせた康孝さんのことを覚えていたのか、「ニャウン」と甘えた声を出して脚に擦《す》り寄ってきた。

……いや、違うな。あの子達ったら、康孝さんが持っている袋に自分達のおやつとおもちゃがあるのを察して甘えているんだ。視線がちらちら袋に向いているもの。

「可愛いなあ」

康孝さんは甘えてくる猫達にデレデレになって、「お土産《みやげ》だぞ」とおやつを与え始めた。

秀哉くんまで負けじと「ぼくもあげる！」と言い出し、大盤振る舞いだ。

「……あんまりあげすぎないで下さいね」

今日のところは多少なら目を瞑《つぶ》りますけど、やりすぎは身体に毒だからね。

私は苦笑しながら、猫と戯《たわむ》れる二人を置いて徳川さんの荷物を隣の和室に運ぶ。

今日、二人にはここで寝てもらうつもりだ。

お客様用のお布団、定期的に干しておいてよかった。先にもう敷いちゃおうかな？

二人は猫達と楽しそうに遊んでいるし、うん。先に敷いておこう。

そう思って、押し入れから布団を取り出し始め、敷布団を持ち上げたところで、康孝さんが近くにやってきた。

「ごめん、俺も手伝うよ」

彼はひょいっと敷布団を受け取り、慣れた様子で畳の上に敷いていく。

重い敷布団をものともしないいたくましい姿に、男の人なんだなあってドキドキしてしまった。

「ありがとうございます」

「いやいや。こちらこそ、ありがとう」

私は康孝さんと一緒にお布団を敷いていった。

いつもならこういう時まっさきに邪魔してお布団に飛び込んでくる猫達は、秀哉くんから与えられるおやつを食べるのに夢中で大人しい。

この分だと、猫達のごはんは少なめにしておいた方がよさそうだ。

その後、私達は一階のダイニングで夕食をとった。

今夜のメニューは、秀哉くんリクエストの鶏《とり》そぼろご飯。それからチンゲン菜の煮びたし、豚汁、しば漬《づ》けだ。ちなみに豚汁は、お昼の残りのお味噌汁《みそしる》をアレンジして作った。

「美味《うま》そうだな」

テーブルの上に並んだ料理を見て、康孝さんはニコニコと嬉しそうに笑う。

「秀哉くんと一緒に作ったんですよ。ね？　秀哉くん」

「うん！　自信作だよ！」

秀哉くんも得意気に笑っている。

それから、私達は一緒に手を合わせて「いただきます」をして、夕飯を食べ始めた。

そぼろと炒《い》り卵、ご飯をちゃっちゃっと混ぜて、ぱくりと一口。うん、美味《おい》しい。

康孝さんも秀哉くんも、夢中になって食べている。

（あら）

ふと、康孝さんの口元にご飯粒がついているのが目に入った。

ふふっ、秀哉くんもよくやるんだよね。似た者同士だなあ……と微笑ましく思いながら、私は彼の口元に手を伸ばした。

「お弁当ついてますよ」

そう言ってご飯粒をとって、それをぱくっと食べる。

（あ……っ）

やってから、康孝さんの驚いた顔を見て、しまったと思う。

秀哉くんにやってあげたことがあるので、つい反射的にしてしまったけれど、相手は大人の、年上の男性だ。

それを、口元のご飯粒をとって、あまつさえ自分の口に入れるなんて、小さな子にするような真似《まね》をしてしまった。

（お弁当ついてますよって、言うだけでよかったのに……！）

康孝さんと恋人になれて、無意識に浮かれていたのかもしれない。

「ご、ごめんなさい」

私は無性に恥ずかしくなって、熱くなった頬を押さえながら彼に謝った。

「いや、気にしないで。ありがとう、朋美さん」

けれど康孝さんは気を悪くした風はなく、むしろニコニコと嬉しそうに笑っている。

「むっ。朋美さん、ぼくも！　ぼくもついてるよ、ほら！」

すると、今度は秀哉くんがわざわざ口元にご飯粒をつけて、とってと言わんばかりに顔を突き出してくる。

私と康孝さんは顔を見合わせて笑った。

「もう、秀哉くんったら」

ご希望通り、口元のお弁当をとってあげる。

それからそのご飯粒を秀哉くんの小さなお口に運ぶと、彼はまんざらでもなさそうな顔をした。ふふっ、可愛いなあ。

三人で囲む食卓はとても温かくて、楽しくて。秀哉くんと一緒に作った料理はいつも以上に美味《おい》しく感じられる。

これからは、こんな光景が日常のものになっていくのだろうか。

だとしたらそれは、なんて幸せなことだろう。

そう思いながら、私は熱々の豚汁をずずっと啜《すす》った。

十一

夕飯のあと、康孝さんにお土産《みやげ》でいただいた大福を食べ、食休みを入れてから、順番にお風呂に入ってもらう。

お客様なので、一番風呂は康孝さんと秀哉くんに譲《ゆず》った。

秀哉くんは、何度か康孝さんの迎えが遅くなる時に家でお風呂を済ませていくことがあったので慣れたもの。康孝さんにあれこれと教えながら、一緒に入った。

その間に、私は一階の厨房《ちゅうぼう》で食材を確認しつつ明日の段取りを考える。

今日の分の食材が残っているから、明日の仕入れは最低限でいい。

ああして、こうして……と思い浮かべ、残った食材で明日のメニューを決める。

それが終わったら、余ったご飯の処理だ。お昼の定食用に炊《た》いたご飯は、やはり三人だけではとても食べ切れなかった。

ご飯を小分けにして、冷凍しておく。

冷凍ご飯はレンジでチンすればすぐ食べられるし、お粥《かゆ》や雑炊《ぞうすい》にするのもいい。

そうだ、康孝さんにも持っていってもらおうかな……とあれこれ考え、白いご飯と五《ご》穀米《こくまい》を一食分ずつラップで包んでいく。

（明日は二人の分の朝食も用意しなくちゃね）

いつもは私一人だからけっこう適当なのだけれど、明日はそうはいかない。

余ったご飯でおにぎり……は、今日のお昼と被《かぶ》るから駄目。

康孝さんは焼き魚とか煮物とかがお好きだし、和風の朝食がいいかなあ。

でも、秀哉くんはそういうの苦手だもんね。うーん、何にしようかなあ……とメニューを思案しながら作業していたら、二階の洗面所の扉が開く音が響いてきた。

どうやら二人がお風呂から上がったらしい。

私は残っていたご飯を全て小分けにして冷凍庫に入れると、炊飯釜《すいはんがま》を洗い、二階に上がった。

二階のリビングでは、湯上がりの二人が頭にタオルを被ってごしごしと髪を拭《ふ》いている。

（そうだ、ドライヤー）

いつも部屋で乾かしているため、洗面所に置いてなかったんだ。

私は自分の部屋からドライヤーを持ってきて、康孝さんに渡した。

そして入れ替わりに、今度は私がお風呂に入る。

お化粧を落とし、洗顔をして、服を脱いで浴室へ。

「……ふう」

同じ屋根の下に恋人がいる状況でお風呂に入るのはなんだか落ち着かなくて、私は気もそぞろに髪と身体を洗った。

それに、さっきまでここを康孝さんが使っていたのかと思うと、変にドキドキしてしまう。

自分から泊まるよう誘っておいて、今更だけどね。

（あっ）

そういえば私、これまですっぴんで康孝さんと顔を合わせたことがない。

普段からそんなに厚く盛っているつもりはないけど、お化粧をまったくしていない顔を見られるのはちょっと勇気がいるなあ……

げ、幻滅《げんめつ》されたりしたらどうしよう。

お風呂から上がったあとも、お化粧をした方がいいんだろうか。

（ううん……）

前の彼氏とは付き合いが長かったから、すっぴんでいても何も思わなかったけど……

恋人になったばかりだからかな、康孝さんの前では、なるべく綺麗な自分でいたい。

やっぱり、お化粧をしておくか。

あっ、でもメイク道具は部屋にあるんだった。

ということは、ここを出て部屋に行くまでにすっぴんを見られる可能性もあるわけで……

いやいやでも、顔を隠してささっと部屋に入ってしまえば……

なんてことをうだうだ考えていた私は、いつも以上に長風呂してしまったのだった。


（暑い……）

結局、逆上《のぼ》せる寸前までお湯に浸《つ》かってしまった。

暑さを和《やわ》らげるようにぱたぱたと手で風を送りながら、濡《ぬ》れた髪を軽く結《ゆ》い上げ、バスタオルで身体を拭《ふ》く。

身につけるのは、パンツと夜用のブラ。パンツは明日の日中につけるブラと揃いなので、夜用のブラとは合っていない。

その上にパジャマを着て、頭に被ったタオルの端を持って顔を隠し、私はこっそりと浴室を出た。

見つからないように部屋に行って、薄化粧を済ませてから康孝さんのところに向かう。

そう決めていたのに、浴室を出たところでばったりと、リビングから出てきた彼と遭《そう》遇《ぐう》してしまった。

「ドライヤーありがとう。朋美さんも使うと思って」

康孝さんは持っていたドライヤーを差し出してくれる。

このためにタイミングを合わせて出てきてくれたようだ。

「ありがとうございます」

私は反射的にそれを受け取った。

そうなると、顔を隠していたタオルがはらりと落ちて、すっぴんが露《あら》わになってしまう。

（あ！）

私は慌ててドライヤーで顔を隠した。

「朋美さん？」

「い、今すっぴんなので、あまり見ないで下さい……」

消え入りそうな声で呟いたのに、康孝さんはまじまじと顔を覗き込んでくる。

「や、康孝さんっ」

「隠さないで。お化粧をしている朋美さんも美人だけど、していなくてもすごく綺麗だよ。お風呂上がりで上気した頬が、色っぽいね」

「っ！」

康孝さんの手が、私の顔を隠すドライヤーをそっとどけた。

彼は私が色っぽいと言うけれど、こちらをじっと見つめる彼の、熱の籠《こ》もった瞳の方がよほど色っぽく感じられた。

その瞳に見つめられると、上気していた頬がさらに熱くなる。

「……可愛い」

康孝さんはそう囁《ささや》いて、私のおでこにちゅっとキスを落とした。

それだけでは収まらず、彼は私を抱き寄せ、頬や唇に何度もキスをしてくる。

「あっ……、しゅ……やくんが……」

秀哉くんに見られるかもしれないと抵抗すると、康孝さんはくすっと笑って、「もう寝ちゃったよ」と言った。

私がお風呂に入っている間に、秀哉くんは糸が切れた人形みたいに寝入ってしまったらしい。

そして秀哉くんのお布団の上では、三匹の猫達が寄り添《そ》うように丸くなっているとか。

そっか。あの子達、今日は秀哉くんと一緒に寝るんだね。

「だから、今は二人っきりだよ。朋美さん」

「康孝さん……」

彼の艶《つや》めいた視線に、自分が何を求められているのかはっきりわかった。

自分からお泊まりに誘っておいてなんだけど、秀哉くんも一緒だし、恋人になったばかりだし、まさか初日でこんな雰囲気になるなんて思っていなかった。

そう話せば、康孝さんもわかってくれるかもしれない。

彼は優しい人だから、決して無理強《むりじ》いはしないだろう。

「…………」

けれど私は、康孝さんの腕から離れられずにいた。

まるで、彼の瞳や声に抗《あらが》いがたい魔力があるかのようだ。

このまま康孝さんと一線を越えたいと、願ってしまっている。

「朋美さん……」

彼は再び、請《こ》うように私の唇に口付けた。

私はそれを受け入れ、深く誘い込むみたいに彼の口内に舌を這《は》わせる。

「……っ、ん……！」

すると、康孝さんは激しく舌を絡《から》めてきた。

ねっとりと舌を舐《な》め上げられる度に、身体がぞくぞくと震える。

（どうしよう……）

こんなに気持ち良いキスは、初めてだった。

キスだけでここまで腰砕けになるなんて……

「はあ……っ」

ようやく彼の唇が離れたころには、私の頭はとろとろに溶けかけてしまっていた。

そんな私の頬を、康孝さんは愛《いと》おしげに撫《な》でてくれる。

「愛しているよ、朋美さん」

「わ、私も……」

あなたのことを、愛しています。

だから、身も心も康孝さんのものにしてほしい。

私の気持ちはすでに決まっていた。

「あ、あの、こっち……」

さすがに廊下でそれ以上するわけにはいかないので、私は康孝さんを自分の部屋に誘う。

一応、人を入れても問題ないくらいには片付けてある。日ごろからちゃんと掃除や整理整頓をしておいてよかった。

「ここが朋美さんの部屋……」

彼は物珍しげにきょろきょろとしたあと、「なんだかドキドキする」と呟いた。

そして、二人で寝るには少し狭いシングルベッドの上に、私をそっと押し倒す。
「……本当に、いいの？」
自分から仕掛けておいて、康孝さんは私にそう尋ねてきた。
そんなところにも彼の優しさを感じて、嬉しくなる。
「はい」
私はこくんと頷いた。
男の人とこんなことをするのは約五年ぶりで、恐れがないと言ったら嘘になる。
だけどそれ以上に、康孝さんに抱かれることが嬉しかった。
（康孝さん……、大好き……）
彼は私の上に覆《おお》い被さり、そっとパジャマのボタンに手を伸ばす。
私はドキドキと胸を高鳴らせながら、康孝さんに脱がされるのを待った。
（あっ）
しかしそこで、はっと自分の過《あやま》ちに気付く。
（ああああっ！　しまった！　し、下着が……っ！）
私はいつもの習慣で、夜用のブラをつけている。
それはとてもシンプルで機能性重視の——つまりとても色気のないデザインのブラだ。
おまけにパンツとも合っていない。

上下揃っていない自分の下着姿を思い浮かべ、さああっと血の気が引いていく。

ダメだ。これは、幻滅《げんめつ》される！

「ま、待って！」

私は慌てて康孝さんの手をがしっと掴み、それ以上脱がされるのを防《ふせ》いだ。

「朋美さん？」

「ご、ごめんなさい。あの……」

ど、どうしよう……

この期《ご》に及んで、「やっぱりナシ」なんて言えない……よね。

現に康孝さんは、突然制止した私を不安そうな顔で見ている。

(そ、そうだ。とりあえず、下着姿を見られなければいいんだ)

「あの、自分で脱ぐので、その間ちょっと後ろを向いててもらえませんか？」

「いいけど……」

「お願いします！」

私は必死に頼み込み、彼に背中を向けてもらった。

よ、よし。この隙《すき》に……と、起き上がった私も康孝さんに背中を向けてゴソゴソと夜用ブラを外し、パジャマの上と一緒に脱いだ。

色気のない夜用ブラは脱いだパジャマに包んで隠し、そっと床に転がしておく。

(ふう、これで一安心だ)

さらにパジャマの下とパンツも脱いで、髪を乾かしていないので枕やシーツが濡《ぬ》れないように、バスタオルも広げておく。

(これでよし……って、よく考えたら、う、うわあ……)

康孝さんと初めて枕を交わす夜なのに、自分からちゃっちゃと脱いで、バスタオルまで敷いて準備万端って、色気がないというか雰囲気がないというか……

ひ、引かれていたらどうしよう。

ふっと我に返った私は、自分の行動を大いに後悔した。

五年も独りでいたせいか、そういった男女の機微《きび》に疎《うと》くなっている気がする。

「……朋美さん、もう待てないよ」

私が一人であわあわしていると、ずっと背中を向けてくれていた康孝さんが、後ろからぎゅっと抱き締めてきた。

「俺のすぐ傍で、朋美さんが裸になっていく気配がして、たまらなかった。どれだけ俺を煽《あお》るつもりなの?」

「あっ……」

そして、再びベッドの上に押し倒される。

私は咄嗟《とっさ》に左手で胸を、右手で股を隠した。

どうやら私の行為は、康孝さんをドン引きさせるどころか煽《あお》る結果になってしまったようだ。

「綺麗だ……」

彼はうっとりとした眼差しで私の裸を眺める。

「濡《ぬ》れた黒髪がはりついて、なんて色っぽいんだろう。隠さないで、俺に全部見せて？」

「や……。は、恥ずかしいです……」

そんな目でまじまじと裸を見られるのは、とても恥ずかしい。

いや、自分から脱いでおいて何を言っているんだと思われるかもしれないけれど、それとこれとは話が別なのだ。

「恥じらう姿も素敵だね」

康孝さんはそう囁《ささや》いて、胸を隠している私の左手をとり、そっとどけた。

露《あら》わになった胸の頂《いただき》に彼の視線を感じる。

隠したかったけれど、左手をとられているのでできない。かといって右手を使ったら、今度は下の恥ずかしい場所を見られてしまう。

「……ぁ……っ」

やがて、見るだけでは収まらなくなった彼が胸に手を伸ばす。

最初はただ触れるだけだった大きな掌《てのひら》が、しだいにやわやわと丘陵《きゅうりょう》を揉《も》み始める。

「あっ……」

「……柔らかい……。それに肌も、まるでしっとりと手に吸い付くようだ」

彼は陶然《とうぜん》とした表情を浮かべる。

そして私の胸に顔を埋《うず》め、舌でぺろぺろと舐《な》め始めた。

「っ、ぁ、あっ……」

彼の舌はゆっくりと頂《いただき》に近付いていく。

そうしている間も、彼の手は胸を揉《も》み続け、二重の刺激が私を苛《さいな》んだ。

そしてついに頂《いただき》へと辿り着いた康孝さんの唇が先端をぱくっと甘噛《あまが》みし、私の身体は震えてしまう。

「やあ……っ、そこ、だめ……っ」

頂《いただき》を刺激されると、切なくてたまらない。

だけど彼は愛撫《あいぶ》をやめず、片方の胸の頂《いただき》は唇と舌で、もう片方は指先でクリクリと捏《こ》ねるように弄《もてあそ》ぶ。

「……あっという間に硬くなった。ほら」

そう言って、康孝さんは先端をきゅうっと摘《つ》まみ上げた。

「あぅっ……」

そんな行為にさえ快感を覚えてしまう私は、涙目で喘《あえ》ぐ。

康孝さんはさらに、硬くなった頂《いただき》を舐《な》めたり甘噛《あまが》みしたり指で捏《こ》ねくり回したりと、様々な刺激を与えた。

そうされる度に、私の身体の奥がキュンキュンと疼《うず》く。

もしやこのまま胸だけでイかされるのでは……と思い始めた時、ようやく彼の顔が胸から離れた。

「あ……っん」

康孝さんは一度身を離したあと、今度は私のお腹をぺろぺろと舐《な》め回し、だんだんと下に向かっていく。

そして茂《しげ》みを一撫《ひとな》でするると、その奥にある秘所に指を伸ばした。

「ひゃあっ」

胸への愛撫《あいぶ》だけで、そこはすでにしっとりと濡《ぬ》れ始めている。

おかげで秘裂はあっさりと彼の指を受け入れてしまう。

「ああ、もうこんなに濡《ぬ》らして……」

康孝さんは声に喜色を滲《にじ》ませて囁《ささや》く。

「だ、だって……」

私が恥じらいながら言い訳しようとすると、彼はそれを遮《さえぎ》るように「気持ち良かった？」と尋ねてきた。

「気持ち良くって、こんなに濡《ぬ》らしてしまったの？」

優しく問われ、かあああっと頬が熱くなる。

違うと否定したかったけれど、ここまで濡《ぬ》らしておいて今更だろう。

それを突きつけるみたいに、康孝さんの指はくちゅくちゅと水音を立てて蜜壷《みつつぼ》を攻め立ててくる。

「あっ、だ、だめぇ……っ」

そんな風にされたら、もっと蜜《みつ》が溢《あふ》れてきてしまう。

また、はしたなく濡《ぬ》らしてしまう。

「ねえ、言って？　朋美さん。どうしてこんなに濡《ぬ》らしたのか、俺に教えて？」

「～っ、き、気持ち、良かった、から……っぁ……あ……っ！」

口にするまでやめてあげないよと言わんばかりの康孝さんに、私は早々に降参した。

「よくできました」

とたん、蜜壷《みつつぼ》を愛撫《あいぶ》する指の動きがいっそう激しくなる。

「あっ、あああっ……」

ぐちゅぐちゅとナカを掻《か》き回されて、私は呆気《あっけ》なく果ててしまった。

「はあ、はあ……っ」

まだ息も荒い私の身体を、康孝さんはあちこち舐《な》め回していく。

絶頂を迎えたばかりでいつもより敏感《びんかん》になっている身体は、舐《な》められただけで快感に震えてしまう。

「いやらしくて、可愛い」

康孝さんは何度も、嬉しそうにそう囁《ささや》いた。

「あ……っん、や、すたかさんは……意地悪っ……です……っ」

普段あんなに優しい彼が、ベッドの上ではこんなに意地悪になるなんて知らなかった。

しかも優しげな声でいやらしいことを言ったり言わせたりしようとするから、余計にタチが悪い。

「うん、ごめんね。でもそれは、朋美さんがあんまり可愛いからだよ」

「ひゃう……っ」

耳の奥に息を吹きかけるように囁《ささや》かれ、変な声が出た。

私、耳も弱かったんだ……

「もっと可愛いところが見たくなって、つい苛《いじ》めてしまうんだ。そんな俺は嫌い？」

「う……っ」

囁《ささや》きながら、康孝さんは二つの胸の頂《いただき》を同時にキュッと摘《つ》まみ上げた。

痛いのに、気持ち良い。意地悪をされているのに、感じてしまう。

今まで気付かなかったけど、私は案外Mッ気があるのかもしれない。

「そんな質問、ずるい……」

嫌いだと思ったら、こんな風に身体を許すことなんてできない。

私が少し拗《す》ねて見せると、康孝さんはご機嫌をとるように触れるだけのキスを、おでこや瞼《まぶた》の上に何度も落とした。

「愛してるよ、朋美さん」

「……っん。わ、私も……」

自分を見下ろす彼の頬に手を伸ばし、私も囁《ささや》く。

「愛しています。意地悪な康孝さんも、好き」

「朋美さん……っ」

もう、可愛すぎるよ……！　と呟いて、彼がキスの雨を降らせる。

そうしながらも、彼の手は私の胸や太股を撫《な》で続けていた。

「そろそろ俺も限界……」

言うなり、彼は身を起こして寝巻の上下を脱ぎ始めた。

残っているのは、ボクサータイプの下着だけだ。

引き締まった身体が露《あら》わになって、ドキッと胸が高鳴る。

そして彼は寝巻のポケットから何かを取り出すと、こちらに背を向けてゴソゴソし始めた。

なんだろう？　と思って起き上がり、横から覗いてみると、それはコンドーム――避妊具だった。

いつの間に用意していたのかな……

今まで与えられる快楽を受け止めるのに必死で気付かなかったけど、康孝さんの雄はすっかり準備万端だった。これまたいつの間に……だ。

（それにしても……）

私はついまじまじと、康孝さんのモノを見つめる。

とても大きくて立派だ。

思わず、入るかしら……と、不安になってしまう。

「朋美さん、あんまり見ないで……」

自身にコンドームをつけていた康孝さんが、苦笑して言う。

「ご、ごめんなさい」

私、また雰囲気を壊すようなことをしちゃった？

「ゴムをつけてるところって、ちょっと間抜けで恰好悪いだろ？」

だから、あんまり見られたくないらしい。

（恰好悪いというか……）

「可愛いと思いますよ？」

一生懸命に見えて、私はむしろキュンとしてしまう。

それに、私の身体のことちゃんと気遣ってくれているんだなあって、嬉しくなる。

あ、でも、男の人って「可愛い」って言われるのは、あんまり好きじゃないんだっけ？

だけど女の人は、普段恰好良い人の意外な可愛さとか、そういうギャップに惹《ひ》かれてしまうんだよね。

かくいう私もそう。今まで知らなかった康孝さんの意外な一面を次々と知って、ますます好きになっている。

「可愛い康孝さんも大好きです」

にっこり笑って抱きつくと、康孝さんは何かを堪《こら》えるような表情を浮かべて、私をぎゅっと抱き締め返してくれた。

そしてそのまま、二人でベッドの上に倒れ込む。

「もう、朋美さんはどれだけ俺を煽《あお》るの……」

(煽《あお》っているつもりはないいんだけど……)

しかし私の言動は、康孝さんの火に油を注いでしまったらしい。

これまで余裕綽々《よゆうしゃくしゃく》で私を苛《さいな》んでいた彼は今、飢《う》えた獣《けもの》みたいな顔で私を見下ろしている。

それを少し恐ろしく思う反面、康孝さんのそんな表情を引き出せたことを喜ぶ自分がいた。

彼は私の太股を掴んで開かせてから、しとどに濡《ぬ》れるソコに触れる。

「んっ……」

康孝さんの指はくちゅっくちゅっと音を立てながら、蜜壷《みつつぼ》を解《ほぐ》し始めた。

いやらしく響く水音に触発されるように、蜜《みつ》はどんどん溢《あふ》れてくる。

再開された愛撫《あいぶ》は容赦がなく、私はあっという間に高みへと追い詰められた。

「はっ、あっ、ああっ……」

びくん！　と一際強く腰を揺らして、私は二度目の絶頂を迎えてしまう。

そして果てたばかりの秘裂に、康孝さんの雄が宛《あ》てがわれた。

「……くっ」

「お……きぃ……っ」

ヌプ……ッとナカに押し入ってくるソレはやはりとても大きくて、痛みと苦しみを伴う。

だけど、切なげな顔で腰を押し進める彼の全てを受け入れた時、私の胸には喜びが満ちていた。

ようやくこの人と一つになって、まるでこれまで分かたれていた半身を取り戻したような、そんな充足感が心の中に広がっていく。

「……大丈夫、朋美さん？」

「はい……」

康孝さんは、額《ひたい》に汗を浮かべた私の頬を優しく撫《な》で、気遣ってくれた。

「ごめんね。苦しいだろうけど、動くよ」

「はいっ……ん！　あっ……！」

断ってから、彼はゆっくりと腰を動かし始めた。

にゅぷっ、にゅぷっと音を立てて、彼の大きな雄が何度も押し入れられる。

それは少し苦しかったけれど、硬い肉棒に穿《うが》たれる度、私の身体は抗《あらが》いがたい快楽を覚えてしまう。

（……っ、だめっ……。声、抑えないと……っ）

あられもない嬌声《きょうせい》を上げてしまいそうになるのを、私は必死に堪《こら》えた。

万が一にも眠っている秀哉くんを起こして、こんな声を聞かせてしまったらと思うと、怖くてならない。

今年の春にベッドを買い替えておいてよかった。それまで使っていた古いベッドだったら、きっと康孝さんが動く度、ギシギシとうるさく鳴っていたことだろう。

「んっ……………んんんっ……！」

彼の動きがいっそう激しくなり、声を抑えるのが辛くなってくる。

すると、康孝さんはそれを察したかのように強引に私の唇を奪《うば》った。

「あ……んっはぁ……っ、ん、ぁっ」

嬌声《きょうせい》も唾液も呑み込まれ、合間に零《こぼ》れるのは荒い吐息だけ。

汗ばんだ肌と肌が擦《す》れ合い、蜜《みつ》がますます溢《あふ》れてくる。

（ああっ、もう……っ）

快楽が高まり、限界が近付いていった。

「〜っ！」

刹那《せつな》、頭の中が真っ白になって、私は三度目の絶頂を迎える。

そして康孝さんは力を失くした私に何度か腰を打ちつけたあと、ゴムの中に白濁《はくだく》を吐いて果てた。

「はあっ……」

「朋美さん……」

彼は避妊具を始末してから私を抱き締め、何度も「愛している」「可愛い」と囁《ささや》く。

そして労《いた》わるように、たくさんのキスを与えてくれる。

こんなに情熱的に愛されたのは初めてで、絶頂の余韻《よいん》も相まって、私はとろんと夢心地だった。

「……っん」

ふいに、康孝さんの手が再び秘所に伸びてくる。

蜜壷《みつつぼ》の中に何度も指を抜き差しして、一番敏感《びんかん》な芽をクリクリと弄《いじ》り始めたのだ。

「や、康孝さん……？」

さっき果てたばかりなのに、もう？　と問うみたいに見上げると、彼はにっと笑った。

「ごめんね。まだ、全然足りない」

（ぜ、全然って……）

しかも彼は先ほど避妊具を始末しただけでなく、ちゃっかり新しいゴムをつけていたらしい。

そして私が何かを言うより早く、今度は問答無用で押し入ってきた。

「あっ……！」

さんざん突かれたソコは、あっさりと彼を受け入れてしまう。

おまけに彼は自身で穿《うが》つだけでなく、剥《む》き出しになった芽を指で愛撫《あいぶ》し続けるのだからたまらない。

「や、やぁ……っ」

ナカと芽と、同時に攻められて、先程の比ではない快感が襲いかかってくる。

「ああ……、感じて感じまくってたまらないって顔の朋美さん、すごく可愛いよ」

「あうっ……」

「ほら、自分でも腰振ってるのわかる？」

「い、意地悪ぅ……っ」

さっきまで激しくも優しく愛してくれたのに、康孝さんは今度は私の痴態《ちたい》を口にしながら、意地悪く攻め立ててくる。

「朋美さんのイキ顔、もう一度、俺に見せて？」

「ひうっ……ん、だ、だめっ、一緒は、だめっ……」

こんなに気持ち良いのは初めてで、おかしくなってしまいそう。

だけど彼は、動きを止めず、愛《いと》おしくてたまらないと言わんばかりの甘い笑みを浮かべて、艶《つや》めいた瞳を向けてくる。

そんな視線に晒《さら》されるだけで、私の身体は甘い疼《うず》きを覚えた。

「あっ、ああっ……」

（こ、声、おさえ、ないと……っ）

私は自分の指を噛《か》んで、なんとか嬌声《きょうせい》を堪《こら》える。

だけど彼の攻めは一向に止まらず、むしろ激しさを増して私を翻弄《ほんろう》した。

（あっ、あっ、ああーっ……）

「い、イっちゃ……イッちゃう……」

「うん、いいよ。イって、可愛い顔、俺に見せて」

康孝さんは嬉々として腰を打ちつけてきた。

ようやく芽を愛撫《あいぶ》する手を止めて、彼は抽送《ちゅうそう》に集中する。

しかも、ギリギリまで抜いたかと思うと一息に深く押し込んだり、小刻みに揺らしたり、角度を変えて攻めたりと、色んな手管《てくだ》を使ってくるのだからたまらない。

（ああっ、もう、だめぇ……っ）

私は彼の攻めに翻弄《ほんろう》され、呆気《あっけ》なく絶頂へと追い込まれてしまう。

そして、そんな快楽地獄のような時間はこれで終わりではなく、なんと深夜まで続いてしまったのだった。


（康孝さんって……）

精力絶倫、でした。

回復は早いし持久力もあるしで、私はついていくのがやっとだった。

もはや精《せい》も根《こん》も尽き果てた状態で、ぐったりとベッドの上に倒れ込む。

普段立ち仕事が多くてそこそこ体力はある方だと思っていたけれど、甘かった。

「ごめん、朋美さん」

　ようやく気が済んだらしい康孝さんは、ぐったりしている私に何度も謝った。

「念願叶って朋美さんとこうなれた上に、朋美さんが予想以上に可愛くて、暴走してしまった。本当にごめんなさい」

　そんな彼は、ぐったりしている私とは正反対に艶々《つやつや》活き活きとしている。

　事後の色気がたっぷり溢《あふ》れた、なんとも魅力的な姿だ。

　思わずときめいてしまうくらいフェロモン全開だけれど、あいにく、そんな元気は残っていない。

「ごめん、ちょっと待ってて」

　答えることもできずにいる私にまた謝ったあと、康孝さんは一度部屋を出ていって、お湯の入った洗面器とタオルを持って戻ってきた。

　そして、お湯にひたして絞った温かい濡《ぬ》れタオルで、汗や何やらで汚れた私の身体を丁寧に拭《ふ》き清めてくれる。

　なんとも恥ずかしかったものの、私には抵抗する気力も体力も残っていなかった。

　全身を拭《ふ》き終わった康孝さんはそれを片付けに出ていって、今度はミネラルウォーターのペットボトルを持ってきてくれる。

　康孝さんに支えられ、上半身を起こした私はゆっくりと水を飲んだ。

（はあああ……）

なんてことない普通の水が、とても美味《おい》しく感じられる。まさに甘露《かんろ》だ。

ようやく人心地つくことができて、私はほっと胸を撫《な》で下ろす。

そして、心配そうな顔の康孝さんをじっと見て言った。

「……康孝さんって、激しいんですね」

「う、ご、ごめん」

たじろぎつつ謝る彼の瞳は不安げだ。

「……嫌いになった？」

その物言いが今日の——正確には昨日の秀哉くんと重なり、私はふっと笑う。

「嫌いになんて、ならないですよ」

康孝さんの、恰好良いところも優しいところも。

大人っぽくて頼りがいがあるところも。

子どもみたいで可愛いところも。

意地悪で野獣さんなところも。

新しい一面を知るごとに、私はますますこの人に惹《ひ》かれていってしまうのだ。

そりゃあ身体は辛いけど、こんなに激しく求められたのは初めてで、嬉しくもあった。

今まで味わったことのない充足感を、しみじみと感じているところだ。

私の言葉を聞いて、康孝さんは安心したような顔を見せる。

でもね、康孝さん。話はこれで終わりじゃないですよ？

「ただし」

いつもこんな風にされてしまうと仕事や生活に支障が出るので、きっちり釘を刺しておくことも忘れない。

「これからは、ちゃんと加減して下さいね？　じゃないと私、壊れちゃいます」

「はい……。反省してます」

康孝さんは神妙な顔で頷いた。

それから、「痛いところはない？」「辛いところは？」と、私の身体を労《いた》わってくれる。

「腰がちょっと……。でも今は、もう寝たいです」

いつもならとっくに夢の中にいる時間だ。

おまけに激しい運動をしたせいで疲労感が強く、ひたすら眠い。

「うん、本当にごめん」

彼はもう一度謝って、ささっと身支度を整えたあと、動けない私に代わってぐちゃぐちゃに乱れたシーツを替えてくれた。

掛け布団はとっくに床に蹴《け》り落とされていたので、それも引き上げて整えてくれる。

その間に、私はパンツとパジャマのズボンを穿《は》いた。そしてパジャマの上を被り、康孝さんに見られないようにごそごそと夜用ブラを身につける。

今度から、康孝さんが泊まる時はちゃんと上下揃った下着を身につけよう。

そんなことを心に刻みながら身支度を済ませ、私は彼が整えてくれた布団に潜《もぐ》り込んだ。

「おやすみ、朋美さん」

康孝さんはちゅっと、唇におやすみのキスをしてくれる。

彼はスキンシップが多い人だ。

恋人にこんな風にされるのは初めてで、私はいちいちドキドキさせられる。

でも康孝さんはキスをしたあと、私と同じ布団に入ってこようとはしなかった。

「……一緒に寝ないんですか？」

ここのベッドは狭いけど、このまま一緒に寝るものだと思っていた私はちょっぴり寂しく思ってしまう。

「俺もそうしたいんだけどね。隣の布団を使わずにいたら、秀哉が『なんで？　どうして？　どこで寝たの？』って言い出しそうだから」

それは、確かに。

私達が恋人同士になったことはいずれ言うつもりだ。でも、こういう夜の事情はできるだけ隠しておきたい。

「名残惜《なごりお》しいけど、一緒に寝るのはまたいつかの楽しみにとっておくよ」

「はい。……あ、私朝早いのであまりお構いできませんが、ゆっくりしていって下さいね。朝ごはん、用意しておきますから」

「ありがとう。それじゃあ、ね」

「おやすみなさい、康孝さん」

部屋から出ていく康孝さんを見送って、私はぽすん！　と枕に顔を埋《うず》めた。

今日は本当に濃い一日だったなあ。

秀哉くんが家出して、私は好きな人と両想いになって、そして……

「〜っ」

さっきまで、このベッドで激しく身体を重ねた。

今更ながら、一人になったとたんに猛烈な羞恥心《しゅうちしん》が込み上げてくる。

最中の康孝さんの、切なげな顔、苦しげな顔、色っぽい顔や意地悪な顔が次から次へと浮かんできて、ひどく落ち着かなかった。

「ううう……」

私、明日ちゃんと康孝さんの顔が見られるかしら……

そんな不安を抱きつつ、私は眠りの淵《ふち》に落ちていった。

十二

康孝さんと初めて結ばれた夜から日は過ぎて、翌週の日曜日。

私は昨日の夜から、康孝さんのマンションに泊まりがけで遊びに来ていた。

夜の営業後、彼が車で迎えに来てくれたのだ。しかも、今回のお泊まりは猫達も一緒。

康孝さん達が住んでいるマンションは、ペット可なんだって。

私が着いた時には夜の零《れい》時を過ぎていたのに、秀哉くんはまだ起きていて、私と猫達を温かく出迎えてくれた。土曜の夜ということで、特別だったらしい。

猫達は初めて訪れる場所に落ち着かない様子だったけど、秀哉くんがずっと傍にいてくれたおかげで、今では我が物顔でくつろいでいる。

そんなわけで昨夜は猫達が秀哉くんの部屋に、私は康孝さんの寝室に泊まらせてもらった。

いや、一応私は客室に泊まったことになってるんだけどね。

康孝さんが、「こうしておけば大丈夫」なんて言って、客室のベッドをいかにも使いましたって感じに乱して、私を自分の部屋に連れ込んだのだ。

康孝さんの寝室は、モノトーン調のシンプルな家具やインテリアがセンス良く配置された お部屋。ベッドもクイーンサイズで、二人で寝るのに支障はない。

当然、ただ眠るだけでは済まなかった。

でも、初めて朝まで一緒に過ごすことができたのは嬉しかったかな。

一応、康孝さんもちゃんと加減してくれるようになったし。

抱き合ったあと、裸のままで寄り添《そ》って、彼の胸に抱かれて眠るのはとても心地良かった。

朝目が覚めて、先に起きていた康孝さんが私の寝顔をじっと見ていたのは無性に恥ずかしかったけどね。

そして日曜日の今日は、三人と三匹でまったりと過ごし、夕飯を食べてから家まで送ってもらう予定だ。

愛する人とこんな風に過ごせて、すごく幸せだと思う。

だけど私達には、やらなければいけないことが残っていた。

「……康孝さん」

キッチンに立って昼食後の洗い物をしていた私は、隣で布巾《ふきん》を手に、洗った食器を拭《ふ》いてくれる康孝さんに小声で話しかける。

「今日、言うんですよね？」

「うん」

私達の視線の先には、リビングで猫達と楽しそうに戯《たわむ》れている秀哉くんの姿がある。

実は私達、まだ秀哉くんに恋人同士になったことを言っていないのだ。

いつまでも隠せる話じゃないし、そもそも隠しておくつもりもない。私達がこうなれたのは秀哉くんの存在によるところが大きいし、ちゃんと報告したいと思っている。

でもいざとなると、なんとなく言い出しにくくて……

それに、私達の交際を秀哉くんがどう思うか、不安もあった。

叔父《おじ》さんの知人と恋人とでは、秀哉くんの受け止め方も変わるだろうし。

「もし、秀哉くんに嫌われてしまったら……」

「いや、それはない」

康孝さんは、私の不安を真顔で一蹴《いっしゅう》した。

「秀哉は朋美さんのことが大好きだからね。嫌いになったりなんてしないよ。むしろ……」

むしろ……？　なんだろう？

「いや、なんでもない。秀哉にはちゃんと、俺から説明するよ」

疑問は残ったけれど、私は康孝さんの言葉に頷いた。

私達は片付けを終えて、コーヒーを淹《い》れる。秀哉くんの分はカフェオレにした。

それらを私が手土産《てみやげ》として持ってきたクッキーと一緒に、リビングのテーブルに運ぶ。

このクッキーは、初めてここを訪れた時に持参した猫のケーキを買ったお店のもので、猫の形をしている。可愛くて美味《おい》しい、お気に入りのクッキーだ。

「秀哉」

全員の前にマグカップが行き渡ると、康孝さんは意を決したように「大事な話がある」と切り出した。

「なに？」

ニコニコ顔で猫のクッキーを見ていた秀哉くんは、眼鏡越しの視線を康孝さんに向ける。

私はごくり……と固唾《かたず》を呑んで彼の言葉を待った。

「俺と朋美さんは、先日から付き合い始めた。いずれは結婚するつもりでいる」

そう言って、康孝さんは私の手をぎゅっと握った。

彼も緊張しているのかもしれない。私はそっと、康孝さんの手にもう片方の手を重ねた。

そんな私達の前で、秀哉くんはきょとんとした顔をしている。

「えっとね、秀哉くんの叔父《おじ》さんと、恋人同士……になったの」

続けて私がそう話すと、秀哉くんは「恋人……」と呟いてから、ようやくその意味に思い至ったのか、顔色を変えた。

「ダ、ダメ！　絶対いやだ‼」

秀哉くんはテーブルをバン！　と叩き、立ち上がった。

予想以上の反発を受け、私は瞠目《どうもく》する。

嫌がられるかもしれないとは思ったけれど、ここまで激しく拒絶されるとは思わなかった。

（秀哉くん……）

拒絶されるのはけっこう応《こた》えるなあと、項垂《うなだ》れそうになった時――

「朋美さんの恋人になるのは、ぼくだもん！」

「えっ……」

思いがけない言葉を聞いて、私はぽかんと口を開けた。

「おじさんと付き合っちゃダメ！　結婚もダメ！　朋美さん、ぼくのお嫁さんになってよ！」

「ええっ⁉」

ど、どういうこと？

いまいち状況についていけない私の横で、康孝さんが深いため息を吐いて、「やっぱりな」と呟く。

や、やっぱりって？

「言ったろう？　こいつは朋美さんが大好きなんだって」

「そうだよ！　朋美さんはぼくのなの！　おじさんになんかあげない！」

「えええええっ！」

秀哉くんが私達の交際に反対なのは、そういう理由からなの？

「残念だったな秀哉。朋美さんはもう俺のだ。お前にはやらない」

そう言って、康孝さんは見せびらかすみたいに私を抱き寄せ、頬にキスをする。

「や、康孝さんっ！」

こ、子どもの前でそんな、ダメですよ！

それに煽《あお》るようなことをしたら……

「～っ！　おじさんのバカ！　アホ！　ナス！」

ほら、火に油を注いじゃったじゃないですか。

秀哉くんは癇癪《かんしゃく》を起こし、悔しげに地団太《じだんだ》を踏んだ。

「ナス？　そこはボケナスじゃないのか？」

「ボケナス!!」

あああ、もう。そうやって挑発するから、涙目の秀哉くんが康孝さんをボカボカと叩き始めてしまった。

猫達も一体何事かと、周りでニャアニャア鳴いている。

「朋美さんはぼくのお嫁さんになるんだもん！」

「ならない。朋美さんは俺の奥さんになるんだ。つまりはお前の叔母《おば》さんになる。諦めろ」

「ダメー！」

「ダメじゃない」

「もう！　康孝さんも秀哉くんも、やめて！　喧嘩《けんか》はダメ！　やめなさい‼」

私は言い争いを続ける二人に雷を落とした。

「康孝さん、いい大人が子どもと張り合わないで下さい！」

「ご、ごめん」

「秀哉くんも。叔父《おじ》さんを殴っちゃダメでしょう」

「ご、ごめんなさい」

私に怒られた二人は意気消沈して謝る。

けれど、秀哉くんはまだ納得がいかないのか、ブスッとした顔をしていた。

「秀哉、ちょっとこい」

それに気付いた康孝さんが立ち上がり、「男同士、サシで話してくるよ」と言って、秀哉くんを連れてリビングを出ていく。

私は猫達と一緒に、二人が戻ってくるのを待った。

(大丈夫かなあ……)

猫達も、心なしか心配そうにドアを見つめている。

そして数分後……

「秀哉にもわかってもらえたよ」

康孝さんがにこやかな顔で戻ってきた。

おまけに秀哉くんが「ぼく、二人のこと応援するよ」なんて言うものだから、私は驚いてしまう。

(えええええっ？　さっきまであんなに言い争っていたのに？)

「一体どう説得したんです？」

気になって、私は康孝さんに小声で尋ねた。

「うん？　俺はただ、『俺と朋美さんが別れることになったら、朋美さんはきっと気まずくなって、秀哉とも会わなくなるだろうなあ。でも俺達が結婚して家族になったら、今まで以上に一緒にいられるぞ？』って説得しただけだよ」

彼は人の悪い笑みを浮かべてそうのたまう。

それは説得ではなく、脅《おど》しと言うのではないだろうか。

(康孝さん……)

なんて大人げない人なんだろうと、私は呆れてしまった。

でも、そんなところも嫌いになれないんだよねえと、上機嫌な彼を見て思う。

私は苦笑し、改めて秀哉くんと向き合った。

「秀哉くんの気持ち、すごく嬉しかったよ。ありがとう」

「……っ」

「私も秀哉くんのことが大好き。でもね、結婚したい好きは康孝さんだけなの。本当にごめんね」

これは、私の口からちゃんと話しておかなければいけないことだと思った。

「朋美さん……っ！」

秀哉くんは泣きそうな顔をして、私のお腹にぎゅっと抱きついてくる。

康孝さんが「秀哉っ、離れろっ」とまた大人げないことを言い始めたけど、私は無視して秀哉くんの頭を撫《な》でた。

ごめんね。でも、ありがとう。大好きだよ。そんな気持ちを込めて。

「おじさんがいやになったら言って。ぼくがお嫁さんにしてあげるから」

「秀哉っ！」

「あははは、ありがとう、秀哉くん」

思いがけない方向に話が進んだものの、なんとか私達の交際を秀哉くんに受け入れてもらえたようで、本当によかった。

エピローグ

季節は過ぎ、年の瀬が迫る十二月二十四日。

今年のクリスマス・イブは日曜日なので、お店は定休日。我が家に康孝さんと秀哉くんを招き、一緒にささやかながらクリスマスパーティーをすることになった。

二人は私の家に一泊して、明日はここから会社や学校へ行くことになっている。

今日のために、数年ぶりに押し入れからクリスマスツリーを引っ張り出して、リビングに飾った。

私が中学生のころだったかな。お父さんが奮発《ふんぱつ》して、大きなツリーを買ってくれたんだ。

両親が亡くなって以来飾る機会がなくなっていたけど、これからは毎年飾りたいなと思う。

飾り付けは秀哉くんも手伝ってくれたし、康孝さんが追加のオーナメントを色々買ってくれたおかげで、リビングがうんと華やかになった。

ただ、猫達がしょっちゅうツリーに上《のぼ》ったりオーナメントに猫パンチを繰り出したりするのは少し困り物かな。いないなあと思ったら、葉っぱの間からずぼっと顔だけ出したりするの。

康孝さんは、「猫達がツリーと戦ってる」「可愛い」って面白そうに笑っている。

確かに、ツリーの周りをソワソワと歩き回ったり、隙《すき》あらば木に上《のぼ》ろうとしたりしている猫達はすごく可愛い。

モールや電飾が絡《から》まったりしないよう注意は必要だけど、ツリーを倒すほど暴れはしないから、そのまま好きにさせておくことにした。

「ニャウ、ニャウ」

（ふふっ、今日も懲《こ》りずにツリーと戦ってるみたい）

私はツリーの周りに集まっている猫達の様子を窺《うかが》いながら、クリスマスディナーをテーブルの上に並べていった。

今夜のメニューは康孝さんと秀哉くんと三人で決めたもの。そして作るのも、二人が手伝ってくれた。

メインは和風のローストビーフと市販のフライドチキン。フライドチキンは秀哉くんが毎年食べていたらしくて、これがなきゃクリスマスじゃないとリクエストされたんだ。

それから今が旬《しゅん》のヒラメのカルパッチョと、ほうれん草とミニトマトのキッシュ。

マッシュルームのポタージュスープに、ブロッコリーとニンジンのクリスマスカラーサラダもある。

ご飯物は康孝さんリクエストの稲荷寿司《いなりずし》。酢飯に黒ゴマを混ぜたものと五目ご飯の二種類を作っておいた。

美味《おい》しそうな料理が炬燵《こたつ》テーブルに並んでいくと、猫達の関心がツリーからこっちに移る。

「秀哉くん、猫達にごはんあげてもらっていい？」

料理を盗み食いさせないために、先に猫達へごはんをあげるよう秀哉くんにお願いした。

「わかった！」

今夜は猫達も特別メニュー。いつもあげているものよりちょっとお高い猫缶だ。

これは康孝さんから猫達へのクリスマスプレゼントで、缶の蓋《ふた》が開いた音を聞いた瞬間、猫達が秀哉くんの足元に殺到する。

「ニャウン、ニャウ！」

「ナアウ！」

「ナーン！」

早く、早く食べさせてくれ！　と催促する猫達。

秀哉くんはくすくす笑いながら、お皿に猫缶の中身をあけていった。

「はい、めしあがれ！」

「ニャウッ！」

猫達は待ってましたとばかりに、お皿に顔を突っ込む。

「喜んでもらえたようでよかったよ」

美味《おい》しいごはんにがっつく猫達を見て、康孝さんがおかしそうに笑う。

「あの子達、すっかり康孝さんに胃袋を掴まれてますね」

毎回美味《おい》しいおやつやごはんを持ってきてくれるので、猫達は康孝さんにメロメロ状態だ。

舌が肥《こ》えて普段のごはんを食べなくなったらどうしようという不安もあったけど、なんだかんだでいつものごはんにもがっついているから、単に食い意地が張っているのだろう。

「さて、私達もいただきましょう」

炬燵《こたつ》に入って、まずは乾杯。

大人二人はワイン、秀哉くんはジンジャーエール。

「メリー・クリスマス！」

康孝さんの声に続いて、私と秀哉くんも「メリー・クリスマス！」とグラスを合わせる。

「んっ、このワイン、すごく美味《おい》しい……」

これは、康孝さんが手土産《てみやげ》に持ってきてくれた赤ワインだ。

フルーティーでクセがなく、飲みやすい。

香りも華やかで、今日の料理とも合いそう。さすが康孝さん。

中でもこのワインに一番合いそうなのが、和風のローストビーフ。さっそく一切れ口にして、ワインも一口。うん、美味《おい》しい！

「このヒラメ、美味《うま》いなあ」

康孝さんはカルパッチョを味わい、しみじみと呟く。お口に合ったようでよかった。

そして秀哉くんは、稲荷寿司《いなりずし》をもぐもぐと頬張っている。

「朋美さんのお稲荷《いなり》さん、好き〜！」

「ふふっ、よかった」

二人の笑顔を見ながら、私も美味《おい》しいお酒と料理を堪能《たんのう》した。

「キッシュも美味《うま》い」

「ポタージュも！」

康孝さんと秀哉くんは、まるで競うみたいに料理を褒《ほ》めてくれる。

この二人、気付くとこんな風に張り合うんだよねえ。

度が過ぎるようならさすがに窘《たしな》めるけど、小学生の甥《おい》っ子と本気で張り合う康孝さんが可愛くって、つい微笑ましく見守ってしまう。

「キッシュ、ほうれん草とミニトマトがたっぷり入っていて美味《おい》しいね。卵の味も濃厚で、チーズの風味も良い。パイ生地はサクサクで、いくらでも食べられそうだよ」

「ポタージュ、とろとろでおいしい。口がよろこぶ味!」

しまいには、グルメリポーターのようなコメントまで飛び出してきた。

それがおかしくって、私はくすくすと笑ってしまう。

こんなに賑《にぎ》やかで楽しいクリスマスは、本当に久しぶりだよ。

そしてディナーでお腹が満たされたあとは、デザートのクリスマスケーキが待っている。

たくさん作った料理は食べ切れなかったので、残った分はお家で食べてもらえるように、タッパーに取り分けておいた。

テーブルの上を片付けて、康孝さんが買ってきてくれたクリスマスケーキを六等分に切り分ける。

「お家はぼくの。プレートは朋美さんにあげるね。おじさんにはサンタで」

秀哉くんの指示で、チョコレートでできたお家、プレート、それから砂糖菓子のサンタさんをそれぞれのケーキの上に移動させる。

砂糖菓子を貰った康孝さんは、これを齧《かじ》るのかと苦笑いだ。

飲み物は、私と康孝さんがコーヒーで、秀哉くんが牛乳。

スタンダードな苺のショートケーキは、ほどよい甘さで美味《おい》しかった。

ちなみに康孝さんは、サンタの砂糖菓子をちょっとだけ齧《かじ》って断念した。あれ、すごく甘いものね。私も前に挑戦したことがあるけど、とても食べ切れなかったよ。

「美味《おい》しいね」

「ね」

ケーキを口いっぱい頬張って、なんとも幸せそうな秀哉くんと顔を見合わせてくすっと笑う。

甘いケーキでお腹いっぱいになったら、今度はテーブルを片付けてプレゼント交換の時間だ。

私は自分の部屋から、康孝さんと秀哉くんは車に置いておいたクリスマスプレゼントを持って、再度リビングに集まる。そして順番にプレゼントを渡すことにした。

「はい、どうぞ」

まずは私から秀哉くんにプレゼント。

「ありがとう！」

秀哉くんはさっそく包みを開ける。柔らかな包装紙の中から出てきたのは、濃いグリーンのエプロンと三角巾だ。どちらにもワンポイントで黒猫が刺繍《ししゅう》されている。

「わあ！　エプロン！　猫、可愛い！」

秀哉くん、よくお料理のお手伝いをしてくれるからね。

その時に使ってもらえたら嬉しいなあと思って選んだんだ。

「それからこれは康孝さんに」

続いて、私は康孝さんにもプレゼントを渡す。

「ありがとう。……お、手袋だ」

「はい。康孝さんに似合うと思って」

彼に贈ったのは、康孝さんがよく身につけているブランドのレザーグローブ。ベーシックで品のあるデザインに惹《ひ》かれて選んだ。

康孝さんはさっそくつけてみてくれたのだけど、マットな質感の黒い革手袋がとてもよく似合っている。

彼も気に入ったようで、「大切にする」と微笑んでくれた。

「今度はぼく！」

そう言って、秀哉くんが私に小さな包みを手渡してくれる。

お礼を言って開けてみると、そこには黒猫の帯留《おびどめ》が入っていた。

「か、可愛い……！」

「でも、クロしか見つけられなかったんだ。今度はハチとトラも探すね！」

「ありがとう、秀哉くん！」

私は秀哉くんをぎゅっと抱き締めてお礼を言う。

さっそく明日、つけさせてもらうね。

「えへへ。……で、おじさんにはコレ」

秀哉くんが康孝さんに渡したのは、私へのプレゼントと同じラッピングの小さな包みだった。

ただリボンの色だけ違っていて、私のはピンク、康孝さんのはブルーだ。

「……お、キーホルダーか。朋美さんのとお揃いだ」

それは、私の帯留《おびどめ》と同じ黒猫のキーホルダーだった。

(康孝さんとお揃い、嬉しい……)

「ありがとう、秀哉くん！」

「むっ、なんで朋美さんがお礼を言うのさ」

秀哉くんはつんと唇を尖《とが》らせるけど、その頬はうっすら赤くなっている。

「ありがとう、秀哉。車の鍵につけさせてもらうよ」

「ふんっ」

ふふっ、素直じゃない秀哉くんも可愛い。

「それじゃあ最後は俺だな。まずは秀哉に」

そう言って、康孝さんは背後に置いていた紙袋を秀哉くんに手渡す。

「……あ！　これ！」

中に入っていたのは、最新のゲームソフトらしい。

それも今月発売された新しいハードのソフトで、本体はアメリカにいるお父さんが贈ってくれるんだって。

「兄貴がハード、俺がソフトって相談してたんだ。ハードの方は明日届くことになってるからな」

「ありがとうおじさん！　朋美さん、今度家に来た時に一緒に遊ぼうね」

「うん、色々教えてね」

ゲームのことはよくわからないからと頼むと、秀哉くんは「まかせて！」と請け合ってくれた。

「そして、こちらは朋美さんに」

康孝さんは大きくて平べったい箱を私に手渡す。

「ありがとうございます」

彼が持ってきた時から、大きいなあって気になっていたんだよね。

秀哉くんへのプレゼントかと思っていたけど、まさか私宛《あ》てだったとは。

それにこの箱、もしかして……

外側のラッピングを解き、蓋《ふた》を開けると、たとう紙に包まれた美しい布地が姿を現す。

やっぱりこれ、呉服箱だったんだ。しかもたとう紙はもう一つあって、こちらには帯が包まれている。

「わああ、キレイだねえ」

隣から覗き込んだ秀哉くんが感嘆の声を漏《も》らす。

私も、その美しさにしばし見入ってしまった。

たとう紙を開いてそっと取り出したのは、オレンジがかった淡いピンク地に花唐草文《はなからくさもん》が描かれた、なんとも上品な訪問着だった。

帯の方は、オフホワイトの地に金糸や銀糸で花文を描いた典雅《てんが》な逸品《いっぴん》。

この二つを合わせたら、それはそれは素敵だろう。

でもこんなに素晴らしいお着物をいただいてしまっていいのかな？

どちらもとても良いお品だし、お値段のことを考えると怖くなる。

「朋美さんにぜひ着てほしいと思ったんだ。ねえ、よかったら当ててみて」

躊躇《ためら》う私に、康孝さんは取り出した着物を羽織《はお》らせる。

そしてうんうんと満足気に笑った。

「思った通りだ。よく似合っているよ」

「うん！　朋美さん、すごくキレイだ！」

「あ、ありがとうございます……」

二人の率直な称賛が気恥ずかしくて、俯《うつむ》いてしまう。

「本当に、貰ってしまっていいんでしょうか……？」

こんな高価なお品を……と遠慮する私に、康孝さんは苦笑して言った。

「貰ってくれないと困るよ。それで、正月にはぜひこの着物を着てほしい」

「……はい」

私は逡巡《しゅんじゅん》の末、こくんと頷いた。

このお着物は、大切に着させてもらおう。

「ありがとうございます、康孝さん」

それから改めて、素敵な贈り物をしてくれた彼にお礼を言う。

「こんなに綺麗なお着物を着れるなんて、すごく嬉しいです」

「正月が楽しみだなあ」

「ふふっ。美味《おい》しいおせち作って待ってますね」

今日のお礼も兼ねて、康孝さんの好きな料理をいっぱい作ってあげよう。

「うん。いっぱい食べさせてもらうね」

康孝さんは意味深に笑って、私の手を握る。

食べたいと思っているのは料理だけではないと、その視線が語っていた。

「もう、康孝さん……」

今にも口付けてきそうな彼の手を外させ、メッと窘《たしな》める。

秀哉くんが傍にいるのに、迫らないで下さい。

そういうのは、二人きりになってからですよ。


楽しい時間はあっという間に過ぎて、クリスマスパーティーはお開きに。

私達は後片付けをしてから、順番にお風呂に入った。

入浴の順番はもうお決まりになっていて、康孝さんと秀哉くんが一緒に入り、そのあとに私が一人で入るようになっている。

「あら、秀哉くんもう寝ちゃったんですね」

私がお風呂から上がると、秀哉くんはすでに寝入っていた。

元々は宵《よい》っ張《ぱ》りだったらしいんだけど、家に泊まりにくるようになってからは、朝が早い私に合わせて早寝早起きになったらしい。

布団の中でスウスウと寝息を立てる秀哉くんの傍には、三匹の猫が寄り添《そ》うように丸くなっている。これも見慣れた光景だ。

康孝さんはその隣に敷いた布団に横になって、眠っている秀哉くんを見守っている。

「可愛いですね」

私は康孝さんの反対側にしゃがみ込んで、秀哉くんの寝顔を見つめた。

時折むにゃむにゃと動く口が、なんとも愛らしい。

どんな夢を見ているのかな？

「うん。寝顔だけなら天使だね」

「まあ、だけだなんて」

憎まれ口を叩く康孝さんに、私はくすくすと笑ってしまう。

秀哉くんを見つめる康孝さんの眼差しには愛情が満ちていて、どこまでも優しい。

（もし……）

私達の間に子どもが生まれたら、康孝さんはこんな風に見守ってくれるのかな。

うん、とても子煩悩《こぼんのう》なお父さんになりそう。

秀哉くんも、そのころには本当のお父さんと暮らしているかもしれないけれど、お兄さんとして私達の子どもを可愛がってくれるかな。

……康孝さんと取り合ったりしそうだなあ。

「ふふっ」

なんて、我ながら気が早い想像に笑いが込み上げてくる。

「朋美さん？」

「ううん、なんでもないんです。気にしないで」

「ええ？　気になるよ」

教えて、と請《こ》われ、私はちょっぴり気恥ずかしく思いつつ、自分達の間に子どもができた未来を想像してしまったのだと話した。

「………」

「気が早いですよね」

「いや、そんなことないよ。俺は今すぐにでも朋美さんと結婚したいくらいだからね」

「さすがにそれは早いですよ」

まだ付き合い始めて二ヶ月ほど。

結婚を意識してはいるけれど、お互いの仕事や家のこと、何より秀哉くんのこともある。今はゆっくりと、関係を深めていきたい。

「……もうちょっとだけ、待っていてくれますか？」

「もちろん。その先に君との幸せな未来があるなら、俺はいくらでも待てるよ」

「ありがとうございます、康孝さん」

こんな日が来るなんて、少し前の自分は想像もしていなかった。

ずっと独り身のまま年を重ねることになっても、それはそれでしょうがないくらいに思っていたのにね。

恋を縁遠いものに感じていた私が、康孝さんや秀哉くんと過ごすようになって、誰かと……『家族』と共に過ごす心地良さを久しぶりに味わい、この二人と『家族』になりたいって、心から思った。

『恋はするものではなく落ちるもの』とは、本当によく言ったものだ。

するつもりはなかったのに、気付けば落ちていた。

これを『ご縁』と言うのかもしれない。

私と康孝さんの間にあったご縁を、秀哉くんが結んでくれた。そう思えるのだ。

「康孝さん、大好き」

愛《いと》おしいと思う気持ちはとめどなく、日を追うごとに深くなっていく。

「朋美さん……」

眠っている秀哉くん越しに、彼が身を乗り出してくる。

「俺も、君のことが大好きだよ」

私もわずかに身を乗り出して、康孝さんとキスを……

「ダメッ！」

「「っ！」」

唇が触れ合う瞬間、秀哉くんの口から響いた声に、私達はびくっと身を震わせた。

秀哉くん、お、起きて……

「ダメ、だよお。トラ……。ハチに、怒られる……」

「ね、寝言か？」

「みたいです……ね」

どうやら起きたわけではなく、寝言を言っているだけのようだ。

「タイミング良すぎだろう……」

「です、ね」

私達は顔を見合わせる。そして、ふっと噴き出してしまった。

「ああ、びっくりした。自分の上でいちゃつくなって、怒られたかと思ったよ」

「はい。でも、ちゃんと場所をわきまえないと駄目ですね」

ついつい、雰囲気に流されてしまった。

これでもし本当に秀哉くんが起きていたら気まずいことこの上ないし、怒られるのも当然だ。

……本当に寝てる、んだよね？

私はふと不安になって、まじまじと秀哉くんを見つめる。狸寝入り《たぬきねい》り……には見えないな。うん。

「そろそろ、俺達も部屋へ行こうか」

「はい」

家に泊まる時、康孝さんは秀哉くんが寝入ったあと、私の部屋で一夜を過ごす。

最初の時は秀哉くんにバレないよう和室の布団に戻ったけれど、最近では一度布団に入って使用感を出しておいて、朝まで私のベッドにいることが多い。

本人いわく、「秀哉が目覚めるまでに起きれば大丈夫」だって。

そんなことを得意気に話す康孝さんの子どもっぽさが、おかしいやら可愛いやら。

彼がそう話した時のことを思い出した私は、くすくすと笑ってしまった。

「朋美さん？」

「いいえ、なんでも」

「気になるから、教えて？」

私の部屋へ行く途中、短い距離なのにわざわざ手を繋《つな》いだ康孝さんが笑いながら問いかけてくる。

「内緒、です」

あなたのことが可愛くてしょうがない、なんて話したら、きっと拗《す》ねてしまうでしょう？

「む、絶対聞き出してやる。覚悟してね、朋美さん」

「あらあら」

火に油を注いでしまったかしら。

明日の朝、ちゃんと起きられるといいなあと思いつつ、私は彼に「お手柔らかにお願いしますね」と微笑みかけた。

年末年始の過ごし方

康孝さん達と素敵なクリスマス・イヴを過ごしてから五日後。

例年、大掃除を終えたあとは猫達とのんびりダラダラ過ごしていた年末年始だけど、今年は違う。

恋人の康孝さんと、彼の甥《おい》である秀哉くんとの予定がたくさん詰まっているのだ。

誰かと過ごす年末年始なんて、両親が亡くなって以来のこと。楽しみで楽しみで、私はソワソワと落ち着かない気分だった。

私が営《いとな》む「小料理　あきやま」は、十二月二十九日から一月三日までお休み。

そして康孝さんの会社は、十二月二十八日から一月三日までお休みなんだそうだ。

康孝さんと秀哉くんは二十八日に自宅マンションを大掃除して、翌二十九日、こちらに来てくれる。そして三人で手分けして、我が家の大掃除をすることになっていた。

私は大掃除を手伝えなかったのに、二人に手伝ってもらうのは申し訳ない。だからいつも通り一人でやろうと思ったんだけど、康孝さんも秀哉くんも何故か妙に張り切っていて、断れなかった。

特に康孝さんは事前に大掃除の計画を細かく立てたり、便利なお掃除グッズを買い揃えたりと、やる気満々。

ここはありがたく、二人の力を借りることにしよう。

というわけで、本日、二十九日は朝から三人で我が家の大掃除。

自分の部屋とトイレだけは事前に終わらせておいたので、自室に猫達を集め、他の部屋を手分けして掃除した。

ちなみにお正月飾りは昨日の朝のうちに飾ってある。

この日は末広がりの八がつく日で縁起が良いため、我が家では毎年この日にお正月飾りの門松《かどまつ》、しめ縄、鏡餅《かがみもち》を飾ることにしているのだ。

門松《かどまつ》はお店の玄関の横に、しめ縄はお店と家の玄関の両方に、鏡餅は一階の和室にそれぞれ飾っている。鏡餅は一月十一日の鏡開きの日に下げる予定だ。その時は康孝さんや秀哉くんと一緒に食べようと思っている。楽しみだ。

そんなことを考えつつ、自分の担当部分を黙々と掃除する。

エアコンや換気扇《かんきせん》など、普段はなかなか手が行き届かないところも、この機会にピカピカに磨くつもりだ。

そうして午前中いっぱいを大掃除に費《つい》やし、お昼ごはんは簡単におにぎりとお味噌汁《みそしる》、ダシ巻き卵と作り置きしておいた鶏《とり》の唐揚げで済ませて、午後からも大掃除を再開する。

秀哉くんは一生懸命お手伝いしてくれたし、康孝さんも普段お家でされているだけあって即戦力になってくれた。

そして夕方までに大掃除を終えたら、順番にお風呂に入って汗を流し、康孝さんのマンションへ。

実は今日、夕方の便で康孝さんのお兄さん、つまり秀哉くんのお父さんが帰国されるのだ。

そこで今夜は、私とお兄さんの顔合わせがてら、四人で夕食をとる予定になっていた。

いったんマンションに寄ったあと、康孝さんと秀哉くんは空港までお兄さんを迎えに行く。私はお留守番がてら、キッチンを借りて夕飯を作った。

今夜は秀哉くんリクエストのハンバーグ。それから、お兄さんが「久しぶりに米と味《み》噌汁《そしる》が食べたい」とおっしゃっているそうなので、ご飯を炊《た》いてお味《み》噌汁《そしる》を作った。あとは副菜に山芋とキュウリのサラダと、カボチャの煮物も用意する。

夕飯の支度が整ったころ、三人が空港から帰ってきた。

「ただいま！　朋美さん！」

真っ先にリビングへと飛び込んできたのは秀哉くん。それに続いて、康孝さんとお兄さんも姿を現す。

「ただいま、朋美さん。こっちが俺の兄の忠之《ただゆき》。兄貴、こちらは俺の恋人の朋美さん」

「お噂《うわさ》はかねがね。秀哉と康孝がいつもお世話になっています。徳川忠之です」

「はじめまして、秋山朋美です。こちらこそ、康孝さんと秀哉くんにはいつもお世話になっています」

お兄さんの忠之さんは康孝さんによく似た容姿の、長身の男性だった。

握手を求められて応じると、にっこりと微笑まれる。

笑った顔なんて特にそっくりだと思いながら、私も彼に笑顔を返した。

「いやあ、聞いていた通りの美人さんだ。良い人を捕まえたな、康孝」

「兄貴、いつまで手を握ってるんだよ」

握手していた手を、むっとした顔の康孝さんが解《ほど》かせる。

「おっと失礼。しかし康孝、お前ちょっと心が狭すぎやしないか？」

「うるさい。ほら、兄貴の部屋はこっちだ」

康孝さんはそのまま、忠之さんを客室へと案内する。

私はそれを見送って、秀哉くんに声をかけた。

「さ、夕飯にしようか。秀哉くん、運ぶのを手伝ってくれる？」

「うん！」

秀哉くんに手伝ってもらって、料理や食器をダイニングテーブルに並べていく。

客室に荷物を置いてきた忠之さんと康孝さんもやってきて、そのまま四人で夕食の時間となった。

「いただきます！　……んんー！　久しぶりの米！　味噌汁《みそしる》！　美味《うま》い!!」

忠之さんは手を合わせるなり、ご飯とお味噌汁《みそしる》を口にして歓声を上げる。

なんてことない普通のご飯とお味噌汁《みそしる》にこの反応、よほど日本食に飢《う》えていたんだろうなあ。

お兄さんの喜びぶりを見かねた康孝さんが、「たまに米と味噌《みそ》を送ってやろうか？」と言った。

「いや、いい。俺は料理ができないからな。代わりにレンジでチンするご飯のパックとか、レトルトの味噌汁《みそしる》をしこたま送ってくれ。あと梅干しと、ふりかけと……」

忠之さんの要求はどんどん続く。レトルト食品やご飯のお供だけでなく、お菓子まで。

「……わかった」

康孝さんは呆れたような顔をしつつも、「定期的に送ってやる」と頷いた。

「チョコレートもな。やっぱ日本のチョコが一番好きだわ」

「わかったって」

ふふっ、兄弟仲が良いんだなあ。私は一人っ子だったから、ちょっと羨《うらや》ましい。

（あら？）

私の隣に座っている秀哉くんが、ハンバーグを食べつつちらちらと物言いたげに忠之さんの顔を見ている。なんだか、話しかけたいのに話しかけられない……といった様子だ。

（……ふむ）

私は康孝さんと忠之さんの会話が一段落ついたのを見計らって、口を開いた。

「今日、康孝さんと秀哉くんに家の大掃除を手伝ってもらったんです。秀哉くん、とっても頑張ってくれたんですよ。ね、秀哉くん」

私が話しかけると、秀哉くんはこくんと頷いた。

「そうなのか？　すごいな、秀哉！」

「……っ。あの、ね。お風呂そうじ、した。それから、雑巾《ぞうきん》がけ」

お父さんに褒《ほ》められて目を輝かせる秀哉くん。そんな甥《おい》っ子に康孝さんも笑って言い出す。

「昨日、家の大掃除も秀哉としたんだ。特に客室は、秀哉が張り切って掃除してくれた」

「おお、どうりで綺麗だと思った。ありがとうな、秀哉」

「ど、どういたしましてっ」

秀哉くんは照れ臭そうにそう言うと、山芋のサラダをシャクシャクと食べ始めた。

その後も、忠之さんのアメリカでの話や秀哉くんの学校の話、康孝さんとの暮らしの話などで盛り上がり、楽しい夕食の時間は過ぎていく。

久しぶりに会ったお父さんに対してどこかぎこちない様子だった秀哉くんも、だんだんと普段通りの姿を見せられるようになっていった。

そして、夜の九時過ぎ。

康孝さんは私を送りがてら、今夜から我が家に連泊する。

忠之さんと秀哉くんに、親子水入らずの時間をプレゼントするため。また、私と二人きりの年末年始を過ごすために。……といっても、家には猫達がいるので正確には二人っきりじゃないんだけどね。

「じゃあ、戸締りだけしっかり頼む」

「おう、任せてくれ。楽しんでこいよ」

「そっちもな」

忠之さんに後を任せ、康孝さんは私を連れて地下の駐車場に向かった。

そして彼の車に乗り、二人で我が家に帰る。

ちなみに秀哉くんは明日、お父さんと一緒に、以前住んでいた町にあるお母さんのお墓へお参りに行くらしい。そのあとは近くの温泉旅館で、親子水入らずの年末年始を過ごすのだそうだ。

（秀哉くん、この機会にたくさんお父さんに甘えられるといいね）

そんなことを思いながら帰宅すると、猫達はすっかり「美味《おい》しいごはんをくれる人」として認識している康孝さんの足元ににゃあにゃあ擦《す》り寄って、彼の訪れを熱烈に歓迎した。今日マンションに向かう前に猫達にあげていったごはんも、康孝さんが差し入れてくれたちょっとお高い猫缶だったからね。

「ここの猫達は人懐《ひとなつ》っこくて、可愛いね」

康孝さんは嬉しそうに相好《そうごう》を崩し、猫達を一匹ずつ抱き上げて「ただいま」と言う。彼はこの家に来る時、必ず「ただいま」と口にする。それから、出る時には「いってきます」と。それが嬉しくて、康孝さんがそう言ってくれる度、頬が緩《ゆる》んでしまうのだった。

その日は大掃除で疲れていたので、すぐ寝ることにした。

リビングの隣の和室に布団を一組敷いて、そこに二人で潜《もぐ》り込む。

「おやすみ、朋美さん」

そう言って、康孝さんが私の頬におやすみなさいのキスをした。

「おやすみなさい、康孝さん」

私もお返しに、彼の頬にキスをする。

康孝さんは嬉しそうに微笑んで、私を抱き寄せてからスイッチ紐に手を伸ばし、部屋の灯りを消した。

ちなみに猫達は、私のいない自室のベッドで三匹寄り添って眠っている。

一人用の布団に二人は少し狭いけれど、ぴったりと寄り添っていれば温かい。

私は康孝さんの温《ぬく》もりに幸せを感じながら目を閉じた。


そして翌、三十日。

私達は早めに起床し、朝ごはんを済ませた。

そのあとは、お店と厨房《ちゅうぼう》の大掃除にとりかかる。昨日済ませたのは自宅部分だけで、お店と厨房《ちゅうぼう》はまだ手つかずだったのだ。

二日続けて大掃除を手伝わせてしまうのは申し訳ないと思ったものの、康孝さんは「二人でやった方が早いし、早く終わればその分二人でゆっくり過ごせるだろう?」と言ってくれた。

「それじゃあ、お店の方をよろしくお願いします」

「ああ。任せて」

私が厨房《ちゅうぼう》、康孝さんがお店と手分けして大掃除を開始。

どちらも普段から掃除には気を配っているけれど、この機会に隅々《すみずみ》までピカピカにするつもりだ。

　こうして今日も午前中いっぱいを大掃除に費《つい》やし、昼食後に再開。先にお店の方の大掃除を終わらせた康孝さんが厨房《ちゅうぼう》の方も手伝ってくれて、なんとか夕方には大掃除が完了した。

　おかげで、例年より早く終わらせることができた。

　いつもなら私一人でやっているから、家の大掃除も含めてもっと時間がかかるんだよね。

「ありがとうございます、康孝さん。これで気持ち良く年が越せそうです」

　ピカピカになったお店を見回し、私は満面の笑みで康孝さんにお礼を言う。

　店も家も綺麗になって気分爽快《そうかい》。こんな気持ちで年を越せることが嬉しくてならなかった。

「朋美さんの役に立てたなら何よりだ」

「康孝さん……」

「それに、ご褒美《ほうび》ならあとでたっぷりもらうから」

　康孝さんの優しさにときめいていたら、艶《つや》っぽい微笑みと共にそんなことを言われてしまう。

「元日は俺が贈った着物を着てくれるんだろう？　楽しみだなあ……脱がすの」

「もう、康孝さんっ」

「ごめんごめん。さ、風呂に入って汗を流したら、食事に行こう。今日は疲れただろう?」

康孝さんはくすくす笑って、私にお風呂を勧め、外食に誘ってくれた。

確かに二日連続の大掃除に疲れていたので、夕飯を外で済ませられるのは助かる。

一番風呂を譲《ゆず》ってくれた康孝さんにお礼を言い、昨日秀哉くんがピカピカに磨いてくれたお風呂に入ったあと、私は彼が入浴している間に着替えと化粧を済ませ、猫達に晩ごはんをあげた。

「ふふっ、今日も康孝さんの猫缶だよ」

「ニャアウ!」

「ナアン!」

「ニャンッ!」

ぱかっと猫缶を開けると、その音を聞いただけで猫達は歓声を上げる。

そして中身をほぐしつつそれぞれのお皿に盛ってやると、我先にと顔を突っ込んできた。

(ふふっ。すっかり康孝さんに胃袋を掴まれているね)

「朋美さん、支度できたよ」

そうこうしているうちに、外出の準備を整えた康孝さんがリビングに顔を出す。

「何か食べたいものはある？」

「そうですね……。お正月はお雑煮《ぞうに》とかおせちとか、和食続きになると思うので、久しぶりにイタリアンが食べたいです」

「了解。美味《おい》しいリストランテがあるんだ。今日は……っと」

康孝さんはスマートフォンを取り出し、そのリストランテの営業状況を確認する。

この時期はもうお休みに入っている飲食店も多いからね。

「よかった、営業してるみたいだ」

康孝さんはそのままお店に電話をかけ、席を予約してくれた。

「じゃあ、行こうか」

「はい」

康孝さんおすすめのイタリアン、楽しみだなあ。

彼の車に乗って、予約したお店へと向かう。

そこは家から車で三十分ほどの距離にある、住宅街の中の隠れ家的リストランテだった。

イタリアンというからてっきり洋風のお店を想像していたんだけど、ここはなんと日本家屋を改装したお店で、和室の畳に絨毯《じゅうたん》が敷かれ、その上にテーブルと椅子がセッティングされていた。

美しい装飾が施《ほどこ》された欄間《らんま》や、焼き物のお皿に活けられた美しい花を目にしながらイタリア料理をいただくのは新鮮で、心が浮き立つ。

料理はシェフのお任せコースにした。

前菜が三品、主食はパスタかリゾットを選べたので、私はリゾット、康孝さんはパスタにする。

メインは鴨肉《かもにく》のローストで、フルーツソースが絶品だった。

ワインも勧められたけど、康孝さんは車の運転があるから飲めないし、私一人で飲むのも申し訳ないので、スパークリングウォーターを頼んだ。

デザートのティラミスとミルクジェラートを食べたあとは、小さくて可愛らしいカップに注がれたエスプレッソをいただく。

コーヒーの旨味《うまみ》がぎゅっと凝縮された深い味わいは、美味《おい》しいコースの締めくくりに相応《ふさわ》しい。

締めのコーヒーまでしっかり堪能《たんのう》したあと、私達はお店を後にする。

ここのお支払いは、康孝さんが済ませてくれた。曰《いわ》く、家に連泊するお礼代わりだと。すでに「数日お邪魔するから」とたくさんお土産《みやげ》をいただいているのに……と遠慮したけど、康孝さんは「俺にも恰好つけさせて」と言って譲《ゆず》らなかったのだ。

康孝さんはもう十分すぎるほど恰好良いのにな。でも、ここはありがたくごちそうになっておこう。

「ごちそうさまでした。とっても美味《おい》しかったです」

「満足してもらえたようでよかったよ。また来ようね」

「はい」

二人で前菜のあれが美味《おい》しかったとか話しながら、車に乗って家に帰る。

そして寝る支度を済ませたあとは、この日も同じ布団で寄り添って眠った。

何日も続けて、しかも二人っきりで共に夜を過ごすのは初めてだ。私はこんなに幸せでいいのかなあとちょっぴり不安になりつつ、彼の胸に抱かれて眠る。

一年の終わりと新しい年の始まりは、もうすぐそこまで迫っていた。


翌日、十二月三十一日。

この日の主な予定は買い出しだ。お正月にゆっくり過ごせるよう、準備をしっかり済ませておく。

いつもよりゆっくりと朝を過ごしたあと、私達は康孝さんの車でスーパーに向かった。

日用品や飲み物、食べ物なんかをあれこれと買い込む。人手があるからと調子に乗って少し買いすぎてしまったけれど、康孝さんは嫌な顔一つせず荷物を運んでくれた。

優しくて頼りになる康孝さんが恋人で良かったと思いつつ、私も家の中に荷物を運び入れ、整理したら昼食作り。

今日のお昼は年越し蕎麦《そば》だ。我が家では昔から、年越し蕎麦《そば》を三十一日のお昼に食べている。

両親が亡くなってからは私一人で食べていたけど、今年は康孝さんが一緒なので張り切って天ぷらを揚げ、お蕎麦《そば》を茹《ゆ》でた。

出来上がった天ぷら蕎麦《そば》を、ダイニングのテーブルについて二人で食べる。

ちなみに天ぷらは、大きなエビ天とレンコン、ニンジン、三つ葉のかき揚げだ。

揚げたてサクサクの天ぷらも、蕎麦《そば》つゆに浸《つ》かって柔らかくなった天ぷらも、どちらも美味《おい》しい。

天ぷら蕎麦《そば》でお腹いっぱいになったら、二人でお茶を飲んでまったりしたあと、おせち料理を仕上げる。

といっても、ほとんど作り終わっているので、残った作業は重箱に詰めるくらいだけれど。

それからお休みの間につまめるようなお惣菜《そうざい》や酒の肴《さかな》なんかも作った。

康孝さんも手伝ってくれると言うので、二人で厨房《ちゅうぼう》に立ち、夕方近くなってからはそのまま夕飯作りを開始する。

今夜のメニューはすき焼きだ。これは、康孝さんのご実家で毎年大晦日《おおみそか》の夜に食べていた定番料理なんだって。メインのすき焼き用お肉も、康孝さんが用意してくれた。

厨房《ちゅうぼう》で下拵《したごしら》えだけ済ませたら、二階リビングの炬燵《こたつ》のテーブルに卓上コンロを置き、煮ながら食べる。

私はすき焼き用のお鍋を火にかけ、牛脂《ぎゅうし》を溶かして広げ、まずはネギを軽く焼いておいた。

そのあとはお肉を入れ、表面だけ焼きつける。先にネギを焼いておいたのは、そうすることでネギとお肉両方の旨味《うまみ》が増すからだ。

お肉を焼いたら割り下を加えて、野菜や焼き豆腐を加えて煮る。

私は溶き卵を入れた取り皿に、良い具合に火の通ったお肉を取り分ける。

甘じょっぱく煮られたお肉に、溶き卵が合うんだよね。

「はい、どうぞ」

それを康孝さんに渡し、自分の分も取り分けてから、両手を合わせる。

「「いただきます」」

二人で声を揃えていただきますをして、さっそくお箸《はし》を手に取った。

「ふわっ……」

お肉にたっぷりと卵を絡《から》めて口にした瞬間、その感動的な味わいに心がとろけそうになる。

（なにこれっ、すごく美味《おい》しいっ……！）

おまけにお肉はとても柔らかくて、口の中であっという間になくなってしまった。

さすが、康孝さんセレクトの高級なお肉だ。

「康孝さん、私……」

あまりの美味《おい》しさに緩《ゆる》む頬を押さえながら、私は陶然《とうぜん》と呟く。

「一年の締めくくりにこんな美味《おい》しいすき焼きを食べられるなんて、幸せです……っ」

そして、こんな美味《おい》しいお肉を提供してくれた康孝さんにも、感謝の気持ちでいっぱいだ。

「ありがとうございます、康孝さん」

「……っ、可愛いなあ、もう。いくらでも食べさせてあげたくなるよ。さあ、まだまだあるからどんどん食べよう」

「はいっ」

お肉をもう二枚追加して、火が通ったものを卵に絡《から》めて口にしたあと、ご飯も一緒にいただく。

「んん〜っ」

まさに至福です。すき焼きって、ご飯が進む味だよね。

良い具合に煮えた椎茸《しいたけ》も春菊も、焼き豆腐も美味《おい》しい。

「ああ、美味《うま》いなあ」

「はい、とっても」

美味《おい》しいものを食べると、自然と笑顔が溢れ出す。

私達は上機嫌で箸《はし》を進めながら、すき焼きを心ゆくまで堪能《たんのう》した。

夕飯のあとは片付けをして順番にお風呂を済ませ、炬燵《こたつ》に入ってまったりと大晦日《おおみそか》の夜を過ごす。

テーブルの上には、お茶の入ったペットボトルが一つとグラスが二つ。

二人でお茶を飲みながら、年末恒例のテレビ番組を眺める。

時折、私のスマートフォンに温泉宿にいる秀哉くんからメールが届いた。

夕飯に出た懐石《かいせき》料理の写真や、泊まっている部屋の写真、お父さんとのツーショット写真などが添えられたメールを康孝さんと一緒に眺め、親子水入らずの年末を楽しんでいる様子に安堵《あんど》する。

私も夕飯に食べたすき焼きの写真や、炬燵《こたつ》布団や座布団の上で丸くなっている猫達、それから康孝さんとの写真などを撮って、メールに添えた。

「あ、朋美さん。もうすぐだよ」

秀哉くんへのメールを打っていた私に、康孝さんが声をかける。

テレビでは、新年へ向けたカウントダウンが始まっていた。

この時間は、いくつになってもワクワクソワソワしてしまう。

そしてカウントがゼロになった瞬間、テレビ画面の向こうから一斉に新年を祝う声が聞こえてきた。

「あけましておめでとうございます、朋美さん」

「あけましておめでとうございます、康孝さん」

私達も新年の挨拶《あいさつ》を交わし合う。

「今年も一年よろしくお願いします」

「こちらこそ、どうぞよろしくお願いしますね」

それから私達は、顔を見合わせてふふっと笑い合った。

こうして康孝さんと一緒に年を越せたことが、私はとても嬉しかった。

それは康孝さんも同じ気持ちだったのか、彼は上機嫌で自分の近くに寝ているトラキチに「トラキチも、あけましておめでとう」と言う。

眠っていたトラキチは迷惑そうに康孝さんを一瞥《いちべつ》し、「ナー」とおざなりに鳴いて再び目を閉じた。

「クロスケ、ハチベエも。あけましておめでとう」

彼は他の猫達にも同じように挨拶《あいさつ》をしたが、反応はみな似たようなもの。でも康孝さんはへこたれず「今年もよろしくな」と言って猫達にちょっかいをかける。

しまいには業《ごう》を煮やしたハチベエに「フーッ」と威嚇《いかく》され、しゅんとしてしまった。

そんな姿がおかしいやら可愛いやらで、私はくすくすと笑う。

すると、私のスマートフォンにメールが届いた。

「あ、秀哉くんからの年賀メールですよ」

送り主は秀哉くんで、文面には「あけましておめでとうございます！　今年もよろしくお願いします！」と、絵文字や動くイラスト付きで書かれてある。

それを見た康孝さんは自分のスマートフォンを取り出して、「あいつ、俺には寄越してこないんだけど」と不満そうに口を尖《とが》らせた。

「きっと、身内に送るのは気恥ずかしいんですよ」

「いや、違う。絶対違う」

「……ええと、ならこちらから送りませんか？　そうしたら、秀哉くんもお返事をくれると思いますよ」

私は年賀メールを送ることを勧め、自分も返信を打ち込んだ。

絵文字を添えるだけでは味気ないだろうから、猫達の写真も撮って添える。

（送信……っと。秀哉くん、喜んでくれるかな？）

秀哉くんと康孝さんには、マンション宛《あ》てに年賀状も送っているのだけれど、メールで新年の挨拶《あいさつ》をするのもそれはそれで楽しいし嬉しい。

昔は友人ともメールで新年の挨拶《あいさつ》をし合ったものだけど、最近はめっきり減って、年賀状だけのやりとりになっていたからなあ。

「ふふっ」

「朋美さん」

私がにこにこしながらスマートフォンの画面を見ていると、康孝さんに呼ばれた。

「はい、どうし……っんん！」

顔を上げた瞬間、彼に肩をぐっと抱き寄せられ、唇を奪《うば》われる。

驚きに目を見張る私の唇をぺろりと舐《な》めてから顔を離した康孝さんは、不敵な笑みを浮かべて言った。

「新年最初のキス、だね」

「……っ、も、もうっ……。心臓に悪いので、不意打ちはやめてくださいっ」

びっくりしたんですからねと抗議すると、康孝さんは「ごめん、ごめん」と謝って、悪びれずに言葉を続ける。

「今度からはちゃんと許可をとるよ。というわけで朋美さん、キスをしてもいい？」

「………………」

それはそれで気恥ずかしく、素直に頷くことができない。

でも、康孝さんにキスされるのが嫌なわけではなく、「だめ？」と訴えかけるような眼差しに根負けして、私はこくんと頷いた。

「ありがとう」

彼は甘い笑みを浮かべて、私の顎《あご》をくいと上向かせる。

そして今度はそっと、触れるだけのキスをした。

「んっ……」

それから、康孝さんは舌で私の唇の縁《ふち》をなぞり、口内に押し入ってくる。

「あっ……ふ……ぁっ……」

彼の舌はくちゅくちゅと互いの唾液を絡めて、私の口内を蹂躙《じゅうりん》していく。

歯の裏をなぞられ、舌先を舐められ、上唇を軽く吸われた。

そうされる度、身体も心も甘く痺《しび》れていく。

「んう……っ」

私は彼の背中に手を回し、縋《すが》るように抱きついて、彼の口付けを受け続けた。

康孝さんはキスをしながら、さりげなく私の背中や腰を優しく撫《な》でてくれる。

貪《むさぼ》られる唇、密着する身体に、否応《いやおう》なく快感が高まっていった。

「……っ、はっ」

ようやく唇を離され、私はとろんとした眼差しで康孝さんを見上げる。

彼は満足そうに微笑むと、私を横抱きにして、隣の和室に敷いた布団まで運んだ。

このまま康孝さんと……かと思いきや、彼はリビングに戻り、出しっぱなしになっていたペットボトルやグラスを片付け、炬燵《こたつ》の電源を切った。

そして猫達を私の自室まで運んで、リビングの照明を落とし、ようやく布団にやってきたと思ったら、「おやすみ、朋美さん」と言う。

あんなキスをしておいて、しないの……？　と不満げな視線を送る私に、康孝さんは悪戯《いたずら》っぽく笑った。

「楽しみはとっておくよ。その代わり、明日は覚悟していて」

「っ……」

耳元で甘く囁《ささや》かれ、私はぞくぞくっと震えてしまう。

直後、思う存分抱かれることになるだろう明日の自分を想像し、顔が熱くなる。

私は布団を引き上げて、熱くなった顔を隠した。

布団越しに康孝さんが笑う声がしたかと思うと、続けて照明のスイッチ紐が引かれるカチカチという音が響く。

布団から顔を出すと、和室の灯りは消され、暗くなっていた。

私は落ち着かず、なかなか寝付けなかったけれど、目を閉じているうちにだんだんと睡魔が襲ってきて、気付けば眠りの淵《ふち》に落ちていた。

夜が明けて、一月一日の朝。

一度、いつものようにお腹を空《す》かせた猫達に襲撃されたような気がしたけれど、「もう少し寝ていていいよ」という声に甘えて、二度寝をしてしまった。

あれは康孝さんだろう。彼は私の代わりに猫達にごはんをあげてくれたらしい。

そのあとで康孝さんももう一度布団に入ったようで、今は私の隣ですうすうと寝息を立てている。

私は彼を起こさないようそっと布団を離れ、洗面所で顔を洗い、朝食の支度を始めた。

今朝のメニューは、お雑煮《ぞうに》とおせち。

お雑煮《ぞうに》ができあがったころ、康孝さんがダイニングに下りてきた。

「おはよう、朋美さん」

「おはようございます、康孝さん。そうだ、お雑煮《ぞうに》にはお餅をいくつ入れます？」

「うーん、とりあえず二つで」

「わかりました。もう少しでできるので、お待ち下さいね」

私もお餅を二つ入れるので、併《あわ》せて四つの角餅をオーブントースターで焼く。

ちなみに我が家のお雑煮《ぞうに》は関東風。お醤油《しょうゆ》仕立てのすまし汁に、具は鶏肉《とりにく》、大根、ニンジン、小松菜、三つ葉だ。

お餅が焼き上がったら、大きめのお椀《わん》に盛ったお雑煮《ぞうに》に入れて完成。

「お待たせしました」

「ありがとう。美味《うま》そうだね」

二人でいただきますをして、さっそく食べ始める。

「あー、美味《うま》い。これを食べると、正月だなあって思うよ」

お雑煮《ぞうに》を口にした康孝さんが、満足そうな笑みを浮かべて言った。

お口に合ったようでよかった。

「康孝さんのお家のお雑煮《ぞうに》もこんな感じでした？」

「そうだね。うちは両親とも東京育ちだったし、朋美さんが作ってくれたお雑煮《ぞうに》と同じ関東風だよ」

お雑煮《ぞうに》は、地域や家庭によって味や具が異なるバリエーションの多い料理だ。

いつか、他の地域のお雑煮《ぞうに》にも挑戦したいなあと思う。

そうだ、一月の限定メニューとしてお店に出してみるのもいいかも。

そんなことを思いつつ、お雑煮《ぞうに》を啜《すす》り、おせちをつまむ。

私はお餅二個入りのお雑煮《ぞうに》とおせちでお腹いっぱいになったけれど、康孝さんはもう一杯おかわりして、そちらにも焼餅を二個入れると、ぺろりと平らげた。

相変わらず、惚《ほ》れ惚《ぼ》れする見事な食べっぷり。元旦から良いものを見れたと、私は内心満足気に頷く。

お正月らしい朝食を済ませたあとは、身支度を整えて初詣《はつもうで》に向かう。

私は去年のクリスマスに康孝さんから贈られた訪問着に袖を通した。

帯も同じく康孝さんからのプレゼントで、帯留《おびどめ》は秀哉くんから贈られた黒猫のものを使う。

髪はいつものように夜会巻きにして、普段はつけない髪飾りをつけた。

着物の淡いピンク色に合わせた、真っ白いショールを羽織《はお》って準備完了。

「お待たせしてすみません」

奥の和室で着付けを済ませ、襖《ふすま》を開けると、続き間で身支度を整えていた康孝さんが私の姿を見て満面の笑みを浮かべる。

「朋美さん！　よく似合っているよ。とても綺麗だ」

「ありがとうございます。康孝さんも、すごく素敵です」

実は、康孝さんも今日は着物なのだ。

焦《こ》げ茶色の長着《ながぎ》に白地にグレーで献上柄《けんじょうがら》が描かれた博多織《はかたおり》の角帯を締め、長着《ながぎ》と同色の羽織《はお》りを身に纏《まと》っている。その渋い出で立ちは、彼の恰好良さをより引き立てていた。

康孝さんの着物姿を見るのは、これが初めて。彼は体格が良いから、着物もよく似合う。

綺麗な着物を着られるだけでも嬉しいのに、こんな素敵な着物姿の康孝さんと初詣《はつもうで》に行けるなんて、夢みたいだ。

「眼福《がんぷく》だなあ……」

康孝さんはにこにこ笑って、私の着物姿を何度も「綺麗だ」「眩《まぶ》しい」「美しい」と褒めてくれる。

おまけにスマートフォンで何枚も写真を撮られた。

着物姿を褒めてもらえるのは嬉しいけれど、さすがに気恥ずかしい。

「康孝さん、もう……」

私は彼を止めて、そろそろ家を出ようと促《うなが》した。

私達が向かうのは、最寄駅から電車で一駅。そこからさらに十分ほど歩いた先にある神社だ。

ここは私が昔からよくお参りしている神社で、お正月でもそこまで混雑しない穴場スポット。だから、人混みに揉《も》まれて着物がぐちゃぐちゃに……なんてことにはならないだろう。

それに、この神社の近くには美味《おい》しいたこ焼き屋さんがあって、お正月も休まず営業している。初詣《はつもうで》のあとにここのたこ焼きを買って帰るのが毎年恒例のお楽しみだ。

「元日だから、やっぱりそこそこ人は多いね」

「ですね」

辿り着いた境内《けいだい》は、初詣《はつもうで》客で賑《にぎ》わっていた。

中には私達と同じく、着物姿のカップルもいる。

親近感を覚えて見ていたら、康孝さんが私の耳にこっそり囁《ささや》いた。

「やっぱり朋美さんが一番綺麗だ」

「や、康孝さんっ」

「俺は鼻高々だよ」

そ、それを言うなら、私だって康孝さんが一番恰好良いと思うし、こんな素敵な恋人がいて自慢に思う。

でも、それを公衆の面前で囁《ささや》くのは抵抗があった。

もし誰かに聞かれていたら、「なんだあのバカップル」と呆れられるに違いない。

「ほ、ほら。お参り。お参りしましょう」

私は康孝さんの腕を引いて、手水舎《ちょうずや》に向かう。

そこで両手と口を清めてから、参拝の列に並んだ。

しばらくして私達の順番がきたので、まずは賽銭箱《さいせんばこ》にお賽銭《さいせん》を入れる。

そのあとは二礼二拍手をし、両手をきちんと合わせて心から祈った。

去年までなら、祈るのは自分と猫達の健康と家内安全、商売繁盛くらいのもの。けれど今年はそこに、康孝さんと秀哉くんのことも加わる。

二人が健康でありますように。そして、康孝さんと末永く仲良くいられますように。

そんな祈りを込めたあと、両手を下ろして一礼し、次の人の邪魔にならないようその場を離れる。

少し遅れて参拝を終えた康孝さんと合流して、今度は授与所《じゅよしょ》へと向かった。ここでお守りやお札、おみくじを販売しているのだ。

私達はおみくじを引いていくことにした。

一回百円なので、箱の中に百円硬貨を二枚入れ、順番に引く。

「おっ、中吉だ」

先に引いた康孝さんが、おみくじの紙を開いて言った。

「私は……吉です」

二人とも大吉ではなかったものの、まあまあ良い結果だったんじゃないかな。

個人的には、恋愛のところに「この人となら幸福あり」と書かれていたのが嬉しかった。

にこにこしながらおみくじを見ていると、隣で康孝さんがふっと笑い声を零《こぼ》す。

「どうしたんですか？」

「ここ、見て」

康孝さんが指差したのは、恋愛について書かれた部分。

そこには「この人の他なし　逃がすな」と書かれてある。

「当たってるなあと思ってさ」

「…………」

こ、こんな文言もあるんだ……

康孝さんは、「もちろん逃がすつもりはないよ」と意気込《いきご》んでいる。

私だって逃げるつもりはないけれど、面と向かって言われるのはなんとも気恥ずかしい。

「え、ええと、おみくじは結んでいきましょうか」

私は話題を変えるため、読み終わったおみくじを結びに行こうと誘った。

おみくじに書かれていたことは、これから先の教訓として心に刻んでいこう。

私達は授与所《じゅよしょ》の近くに設《もう》けられている専用の場所におみくじを結び、神社を出て、たこ焼き屋さんに寄ってから家に帰った。

家に着いたのはちょうどお昼時だったので、買ってきたたこ焼きでお昼ごはんにする。

「このたこ焼き、美味《うま》いね」

「でしょう？」

外側はカリッと、中はトロッとしていて、タコも大きくてプリプリ！

ちなみに今日はもう外出の予定はないので、飲み物はビールにした。

たこ焼きを食べつつビールをぐいっといただくのも、私の毎年恒例のお楽しみなのだ。

「昼間っからビールとたこ焼き、最高だなあ」

康孝さんも気に入ってくれたみたい。にこにこと、上機嫌でビールを飲んでいる。

うんうん、粉物とビールの相性って抜群《ばつぐん》だものね。それに、まだ明るいうちから飲むお酒の美味《おい》しいこと。

たこ焼きを食べ終わったあとも、のんびりとお酒を楽しむ時間は続く。

炬燵《こたつ》テーブルの上におせちを出して、それをつまみながらお正月番組を見て、お酒を飲むのだ。

ビールを二人で一瓶空《あ》けたあとは、康孝さんがお土産《みやげ》に持ってきてくれた日本酒をお出しした。

このお酒はあまり市場に出回っていない、「幻の名酒」と呼ばれている大吟醸《だいぎんじょう》酒で、私も飲むのは今回が初めて。

赤い漆塗《うるしぬ》りの銚子《ちょうし》に入れたお酒を揃いの盃《さかずき》に注ぎ、まずは康孝さんへ。

もう一つの盃にお酒を注いで、私もいただく。

「美味《おい》しい……」

林檎《りんご》の香りに似た、フルーティーで華やかな吟醸香《ぎんじょうか》。

雑味がなく、すっきりとした端麗《たんれい》な味わいは芸術品の域《いき》に達している。

昨夜のすき焼きもそうだったけれど、新年早々こんな美味《おい》しいお酒をいただけるなんて、幸せすぎて罰《ばち》が当たりそうだ。

「朋美さん、もう一杯どうぞ」

私の盃《さかずき》が空《あ》くと、康孝さんがすかさずお酒を注いでくれる。

「康孝さんも、どうぞ」

彼の盃《さかずき》も空《あ》いていたので、私もお酌《しゃく》を返した。

「……朋美さん、こっちにおいで」

ほろ酔い気分になってきたところで、康孝さんが、自分の隣に座るよう手招きをする。

私は誘われるがまま、彼の隣に移動した。

「お邪魔しますね」

座ってから、自分の盃《さかずき》とお箸《はし》、取り皿に手を伸ばす。

しばらくは対面に座っていた時と変わらずお酒を飲み、おせちをつまむだけだった。

けれどだんだんと、康孝さんが私にちょっかいをかけてくるようになる。

私の頬や髪に触れたり、掠《かす》めるだけのキスをしたり、手を握ったり。

他愛無い戯《たわむ》れだと、私も最初はくすくすと笑ってあしらっていた。しかしそれは徐々にエスカレートしていって……

「あっ……」

康孝さんの手が私の首筋を撫《な》でたかと思うと、そのまま衿《えり》の合わせ目に手を這《は》わせ、続けて布地の上から胸を一撫でする。

それから私の腰をぐっと抱き上げ、自分の膝の上に乗せた。

振り返って見上げた彼の顔は、艶《つや》めいた笑みに彩《いろど》られている。

その微笑に魅入《みい》っていると、顎《あご》をくいととられ、唇を奪《うば》われた。

掠《かす》めるだけではない深いキスに、私はあっという間に翻弄《ほんろう》されてしまう。

何度も角度を変えて唇を貪《むさぼ》られている間に、私の着物は彼の手によって乱されていった。

衿《えり》の合わせ目に手を入れられ、胸元をはだけられていく。

「んんっ……」

ようやく唇が離れたと思ったら、今度は露《あら》わになった鎖骨の上にキスを落とされた。

そして肌をきつく吸われ、場所を変えて赤い痕《あと》をいくつも残される。

それが彼の執着《しゅうちゃく》の証《あかし》のようで、嬉しかった。

もっと、もっとつけて……なんて、はしたないことを願ってしまうくらい。

「あ……っ」

私の胸元に赤い花を咲かせた康孝さんは、再び唇を重ねてくる。

「舌を出して」

囁《ささや》かれるまま舌を出すと、彼の唇に食《は》まれ、ねっとりと舌で舐《な》め上げられた。

背筋がぞくぞくと震え、身体の芯《しん》が熱くなるのを感じる。

康孝さんは私の裾もはだけさせ、今度は太股をさわさわと撫で始めた。

「んひゃっ」

太股の内側を撫でられるのはくすぐったくて、思わず変な声を上げてしまう。

彼はその反応に気を良くしたのか、執拗《しつよう》にそこを撫で回した。

「やっ……、そこ、だめ……っ」

そんな風に触られたら、くすぐったいだけじゃなくて、か、感じてしまう。

下腹の奥が、キュンッと疼《うず》いてならないのだ。

「あっ……ん」

康孝さんの手は太股からさらに上へと辿っていき、下着越しに秘裂を一撫でする。

「もう濡《ぬ》れてる」

彼はからかうように、私の痴態《ちたい》を耳に囁《ささや》いた。

確かに、私のソコはすでに蜜《みつ》を垂らし始めている。

「だ、だって……」

それというのも、康孝さんが私の身体をいやらしく撫で回すから。

非難を込めた眼差しでそう訴えかけても、彼は満足そうに微笑むばかり。

「もう、知らない」

私はツンッと拗《す》ねたフリをして、飲みかけの盃《さかずき》に口をつけた。

「ごめん、ごめん。拗《す》ねないで、こっちを向いて」

康孝さんは私の手から盃《さかずき》を奪《うば》い、自分の方を向かせる。

その拍子に、盃《さかずき》から零《こぼ》れたお酒が私の手にかかった。

「あっ」

「おっと、もったいない」

彼はすかさず私の手をとって、零《こぼ》れた滴《しずく》を舌で舐《な》め取った。

「んっ……」

それだけでもくすぐったいのに、康孝さんは濡《ぬ》れていない指まで口に含んで甘噛《あまが》みする。

そうしてひとしきり私の手を舐《な》め回した彼は、「クセになりそうだ」と呟いてくっと笑った。

「もっと飲みたいな。飲ませて、朋美さん」

「や、康孝さん……」

康孝さんは空《あ》いた盃《さかずき》にお酒を注ぎ、私に押し付けた。

意図を察した私は逡巡《しゅんじゅん》の末、自分の指先をお酒につけ、濡《ぬ》れたそれを彼に差し出す。

康孝さんはその手をとって、指先を口に含んでちゅうちゅうと吸った。

「甘露《かんろ》だ」

そう微笑んでから、彼は私におかわりをねだった。

私は康孝さんの望むまま、お酒で濡《ぬ》らした手を彼に与え続ける。

やがて満足したのか、彼は残っていたお酒を一息に呷《あお》り、私の身体を横抱きにして立ち上がった。

リビング隣の和室へと続く襖《ふすま》を開け、布団の上に私を寝かせる。

(あ、あれ……?)

布団は朝片付けたはずだったのに、どうして敷かれているんだろう?

あっ、もしかして私がおせちとお酒を用意している間に康孝さんが敷いたのかな。

なんて用意周到な……

私が呆れ半分感心半分でいると、康孝さんはいったんリビングに戻り、おせちの入った重箱をこちらの部屋に持ってきた。

リビングの炬燵《こたつ》の中には猫達がいる。おそらく、猫達が盗み食いをしないようにと持ってきてくれたのだろう。

彼は和室の灯りをつけてから、リビングに繋《つな》がる襖《ふすま》を閉めた。

そしてゆっくりとこちらへ歩み寄り、私の上に覆い被さってくる。

「んぁ……っ」

康孝さんは唇にキスを一つしたあと、私の襟元をさらにはだけさせ、もう一輪赤い花を咲かせた。

それから着物の裾をまくし上げ、太股にもきつく吸い付き、痕《あと》を残す。

「着物姿で乱れる朋美さん、淫《みだ》らで素敵だね」

胸元が開き、太股も露《あら》わになった私の姿を舐《な》めるように見つめ、彼はうっとりと呟いた。

着物姿で彼に抱かれるのは今回が初めて。この着物を贈ってくれた時から、彼はこうして私を抱くのを楽しみにしていたのだろう。

私だって、常とは違うシチュエーションに興奮している。

ただ、このままではせっかくの着物がぐちゃぐちゃになってしまいそうで嫌だった。

「や、康孝さん」

（あっ）

着物を皺《しわ》だらけにはしたくないので、脱ぎたい……と訴えかけようとしたところで、ふとあることを思いつき、彼に甘えるみたいに囁《ささや》いた。

「脱がせて……？」

「……っ」

私を見下ろしていた康孝さんは息を呑み、いっそう情欲を湛《たた》えた瞳で、私の帯に手を伸ばしてくる。

私ばっかり翻弄《ほんろう》されるのは嫌。私だって、彼を誘惑したい。

そう思って囁《ささや》いた言葉は、どうやら効果覿面《てきめん》だったようだ。

康孝さんの手で、帯がシュルシュルと解かれていく。

いつもなら聞き流す衣擦《きぬず》れの音が、今はやけに淫《みだ》らに聞こえた。

続けて着物と、その下の長襦袢《ながじゅばん》も脱がされ、私は白い肌襦袢《はだじゅばん》に足袋《たび》を履《は》いただけの姿になる。

まだ裸にするつもりはないのか、康孝さんはそこで手を止め、今度は自分が纏《まと》っていた羽織《はお》りを脱ぎ、再び私に伸《の》しかかってきた。

「……こっちは下着、つけてないんだね」

彼は肌襦袢《はだじゅばん》越しに私の胸をやわやわと揉《も》みつつ言った。

肌襦袢《はだじゅばん》も下着に当たるのだけれど、彼が言っているのはブラジャーのことだろう。

普段、着物を着る時には和装ブラを使っているのだが、こうなることがわかっていたから今回はつけずにいたのだ。

その方が、喜んでくれるかなって。

私の目論見《もくろみ》は当たったようで、康孝さんはどことなく嬉しそうに、胸を揉《も》みしだく。

そして肌襦袢《はだじゅばん》の襟元をぐいと開かせ、露《あら》わになった頂《いただき》をぱくんと口に含んだ。

「んぅっ」

ちゅうちゅうと吸われ、ころころと舌で転がされる度、快感に身悶《みもだ》えてしまう。

やがて、胸を攻める彼の顔がいったん離れ、唇に口付けられた。

「あむ……っ、ん、んぅ……」

唾液を絡《から》め合うようなキスをしながら、康孝さんは私の頭に手を伸ばし、結い髪を解く。

そのまま手櫛《てぐし》で髪を梳《す》かれ、頭を優しく撫でられてキスをするのはとても心地良かった。

ずっとこうしていたかったけれど、彼は私の唇から頬、首筋へとキスのターゲットを移し、再び胸を揉《も》み出した。

「は……っ、あ……っ」

度重なる愛撫《あいぶ》に、私の息はだんだんと上がり始める。

さらに康孝さんは、私の両脚を開かせると、右脚の付け根、太股の内側に顔を埋《うず》めた。

「ああっ……」

彼はそこをきつく吸って、赤い花を次々と咲かせていく。

「……朋美さんは肌が白いから、赤いのがよく映えるね」

そして時折、思い出したように蜜《みつ》が染み出した下着越しに秘裂を指でなぞるのだから、もうたまらない。

「や、康孝さん……っ」

そんなついでみたいな刺激で焦《じ》らされるのは辛い。もっと、ちゃんと触ってほしい。もっと、いっぱい気持ち良くしてほしい。

そんなはしたない願望で頭の中がいっぱいになるまで、彼のもどかしい愛撫《あいぶ》は続いた。

両脚に赤い花をたくさん咲かせたあと、康孝さんはようやく私の下着に手をかけ、脱がしてくれる。そして、蜜《みつ》でしとどに濡《ぬ》れるソコに顔を埋め、秘裂を舐《な》め始めた。

「もうトロトロじゃないか……」

「あっ、ふぁっ、あっ……ん」

彼の熱い舌で秘裂の形を辿るように舐《な》められ、口から嬌声《きょうせい》が零《こぼ》れる。

それだけでなく、彼は一番敏感な芽にふーっと息を吹きかけてきた。

「いやっ、いやぁ……っ」

さんざん愛撫《あいぶ》された身体は感じやすく、ソコをそんな風に刺激されるだけで涙が溢れてくる。

気持ち良すぎて怖い。この感覚は何度身体を重ねても変わらず、私はつい拒絶じみた言葉を吐いてしまう。

けれど私の真意を知っている康孝さんは、愛撫《あいぶ》の手を止めることはなかった。私の秘所を舐《な》めながら、彼の手は私の脚を撫でる。その優しい手つきに「大丈夫、怖くないよ」と慰《なぐさ》められているような心地になった。

「う……っん、あっ、あああっ……！」

康孝さんの舌の動きはいっそう激しくなり、芽を甘噛《あまが》みされた瞬間、私はびくんっと身体を震わせて絶頂を迎えた。

「はぁ……っ、はあ……っ」

達したばかりの私の秘所から、康孝さんが顔を上げる。

彼はまるで見せつけるみたいに、私の愛液で濡《ぬ》れた唇を舌でぺろりと舐《な》めた。

そして立ち上がると、自分の帯を解いて着物を脱ぎ始める。

ボクサータイプの下着も脱いで生まれたままの姿になった彼は、布団の上に胡坐《あぐら》をかき、自身を指差して言った。

「朋美さんも口でしてくれる？」

「……はい……」

私はのろのろと起き上がり、康孝さんの前に四《よ》つん這《ば》いになって顔を埋《うず》める。

彼のモノを口で愛するのは、今回が初めてではない。

邪魔な髪を耳にかけ、私は先端をぱくりと口に含んだ。

気恥ずかしさはあるけれど、康孝さんが私にそうしてくれたように、私も彼を気持ち良くしてあげたい。その一心で、彼の雄を愛撫《あいぶ》する。

先端を吸って、時折ぺろぺろと舌で舐《な》め、口いっぱいに頬張り、扱《しご》いた。

感じてくれているのか、康孝さんの雄は私の口の中でどんどん硬く大きくなっていく。

「ああ、気持ち良いよ、朋美さん……」

「んんっ」

「上手だね……、んっ……」

康孝さんは「いい子だね」と褒めるみたいに、私の頭をよしよしと撫でてくれる。

それが嬉しくて、私はもっと気持ち良くなってもらいたくて、いっそう励んだ。

「……っ、朋美さん、もう……っ」

やがて、康孝さんは果てが近いことを告げる。

「あむっ……ん、このまっ、口に……っ」

私が彼を見上げてそう強請《ねだ》ると、康孝さんは「くっ……」と何かを堪《こら》えたような顔をしてから、膝立ちになる。

そして私に再び自身を咥《くわ》えさせ、ゆっくりと腰を動かし始めた。

「んっ、んっ、んっ」

こうして口の中を彼の雄に蹂躙《じゅうりん》されるのは、ちょっとだけ苦しい。

けれど同時に、そうやって少し乱暴にされることにさえ、悦《よろこ》びを感じてしまう。

「……っ」

「んんっ……！」

次の瞬間、口内に苦いモノを吐き出されたかと思うと、彼の腰の動きが止まった。

白濁《はくだく》を吐いて果てた康孝さんは、荒い息を零《こぼ》して私の口から自身を引き抜く。

私は彼の精液をこくりと呑み干した。

（やっぱり、苦い……）

それはお世辞にも美味《おい》しいとは言えないものであったけれど、呑み込むことに不思議と抵抗を感じなかった。

「ありがとう、朋美さん」

康孝さんは私が口でしたあと、決まってお礼を言ってくれる。

それから彼は私の身体を布団の上に仰向《あおむ》けに寝かせ、枕の下に手を伸ばした。

どうやらそこに避妊具を仕込んでいたらしく、康孝さんはパッケージを切り取ってコンドームを取り出すと、自身にそれを被せた。

果てたばかりだというのに、彼の雄はすっかり臨戦態勢になっている。

康孝さんは私の両太股を掴んで開かせ、秘所に指を這《は》わせて念入りに蜜壷《みつつぼ》を解してから、自身を宛《あて》がった。

「……いくよ」

「はい……」

彼の硬い肉棒が、秘裂を割って私のナカに入ってくる。

「んあっ……」

康孝さんはゆっくりと、自身を私の最奥まで埋めた。

そして艶《つや》をたっぷりと含んだ笑みを浮かべ、囁《ささや》く。

「……姫始め、だね」

言われてみれば、確かに。

これが新年最初の……と思えば、とても特別な時間に感じられた。

「……たっぷり、可愛がって下さいね」

今この時、そしてこれからも。

そんな気持ちを込めて強請《ねだ》ると、康孝さんは甘やかすみたいに私の頬を撫で、「もちろん」と頷いてくれる。

彼は私の手を握ると、腰を動かし始めた。

「んっ、あっ、んっ」

最初はゆっくりと、そして徐々に激しく、時折私の弱いところをノックするように腰を打ちつけて、抽送《ちゅうそう》を繰り返す。

「あっ、はあっ……んっ、あっ、ああっ……」

腰を打ちつけられる度、喘《あえ》ぎ声を漏《も》らしてしまう。

抑えようと思っても、そうはさせないとばかりに激しく突かれて、私はさんざんに啼《な》かされた。

「あうっ、も、もう……っ、だめっ……」

快感が高まり、絶頂の気配が近付いてくる。

私は繋《つな》いだ手にぎゅううっと力を込めた。

そして次の瞬間、頭の中が真っ白にスパークする。

「あああああっ」

「くっ……、締まる……っ」

康孝さんは苦しげに眉を顰《ひそ》め、数度腰を打ちつけた後、コンドームの中に精を放った。

「はあ、はあっ……」

荒い息を吐き、絶頂の余韻《よいん》にぼうっとする私から、彼が引き抜かれる。

康孝さんは避妊具の始末をしたあと、新しいコンドームをつけて、再び私の身体に触れた。

今度は四《よ》つん這《ば》いになるよう促《うなが》され、後ろから突かれる。

「んあっ……！」

果てたばかりの秘所はより敏感になっていて、挿入されただけで軽くイッてしまった。

彼はそんな私の腰をしっかりと掴み、抽送《ちゅうそう》を始める。

「あっ、あっ、ああっ」

獣《けもの》のような体勢で犯されるのは、恥ずかしいけれど気持ちが良い。パンパンと肌と肌が打ち合う音もいっそう興奮を誘い、いやらしいことで頭がいっぱいになってしまう。

「イッ、イクッ……、イッちゃ……んんっ！」

康孝さんの巧みな腰使いに翻弄《ほんろう》され、私は再び果ててしまった。

すると、彼は繋《つな》がったまま体勢を変え、私を横向きにしたいわゆる側位の形で、今度は小刻みに腰を打ちつけてくる。

「あっ、あっ、あっ、あっ」

「朋美さん……っ」

切なげに私を呼ぶ彼の声に、私の最奥がキュンキュンと疼いた。

「康孝さっ……んっ、康孝さんっ……」

休む間もなく与えられる快楽に、頭がどうにかなってしまいそう。

彼も絶頂が近いのか、いっそう激しく腰を打ちつけられ、私はまた達してしまった。

その時に康孝さん自身をぎゅっと締め付けてしまったようで、彼は「ん……っ」と艶《なまめ》かしい吐息を吐いたあと、ようやく果てた。

「はぁ、はぁ……」

私は息も絶え絶えに、布団の上に倒れ込む。

康孝さんは私のナカから自身を引き抜き、避妊具を始末した。

（もう、終わり……？）

彼は新しいコンドームをつけず、布団周りに脱ぎ捨てた着物と帯を手繰《たぐ》り寄せる。

そしてそれを羽織《はお》り、簡単に帯を締めると、そのまま和室から出ていった。

しばらくして、康孝さんはミネラルウォーターのペットボトルを一本持って戻ってくる。

「喉、渇いただろう？」

私はこくんと頷き、水を飲むために身を起こした。

さんざん喘《あえ》いだせいで、すっかり喉が渇いている。

しかし彼はそのペットボトルを私には渡さず、キャップを開けて自ら一口含み、口移しで私に飲ませた。

「んっ……。康孝さん、普通に飲みたいです……」

「ごめんね。でも、もうちょっとだけ付き合って」

康孝さんはそう言って、あと三回、私に口移しで水を飲ませた。

「あっ……ん」

上手く飲み込めなくて、零《こぼ》した水が口の端から流れる。

彼はそれを舌で舐《な》め取り、やっと満足したのか、ペットボトルを私に渡してくれた。

「ありがとうございます」

ごくごくと、喉を鳴らして水を飲む。

それから、同じように喉が渇いているだろう彼にペットボトルを返した。

康孝さんは残りを一気に飲み干して、ふうと息を吐く。

「……襦袢《じゅばん》、ぐちゃぐちゃにしちゃったね」

彼の視線が、私の乱れた肌襦袢《はだじゅばん》に向けられた。

上も下も盛大にはだけて、かろうじて腰紐でひっかかっている有様である。

おまけに汗で濡《ぬ》れているので、ちょっと気持ち悪い。

脱いだ方がいいなと思って腰の紐に手をかけると、その手を康孝さんに止められた。

「俺に脱がさせて」

「えっ……あっ……」

私の返事を聞くより早く、彼は紐を解いて肌襦袢《はだじゅばん》を脱がした。

そして、裸に足袋《たび》を履《は》いただけの恰好になった私を嬉しそうに見つめる。

「あ、あの……」

全裸より恥ずかしいのですが……

康孝さんの喜悦に満ちた視線に羞恥心《しゅうちしん》を刺激され、私はそろそろと足袋《たび》に手を伸ばす。

しかしこれまた康孝さんに止められ、彼の手でやたら丁寧に、やたらゆっくりと足袋《たび》を脱がされる羽目になるのだった。

そしてようやく全裸になった私は、再び布団の上に押し倒される。

(終わりじゃなかったんだ……)

事後だと思っていたら、ただの休憩でした。

こうして後半戦が始まり、私は彼が満足するまで何度も貪《むさぼ》られることになったのだった。


これからの性生活を暗示しているような激しい姫始めのあと、私は気絶するみたいに寝入ってしまったらしい。

「……ん……?」

どれくらい眠っていたのか。

いつの間にか日が落ちていて、和室の照明が点けられていた。

さらに、ぐちゃぐちゃだった布団は綺麗に整えられ、私はしっかり布団を被《かぶ》った状態で寝かされている。汗と体液に塗《まみ》れていた身体も妙にさっぱりしているから、寝ている間に康孝さんが清めてくれたのだろう。

私は素肌の上に長襦袢《ながじゅばん》を着せられていた。脱ぎ散らかしたものは、簡単に畳まれて部屋の隅に置かれている。

パンツを穿《は》いていないので下は少し落ち着かないけれど、濡《ぬ》らした下着をもう一度穿《は》く気にはなれなかった。

（……康孝さんは？）

布団はおろか、同じ部屋の中にも彼の姿はない。

どこに行ったんだろうと思いつつ、しばしぼうっと天井を眺めていたら、リビングの方の襖《ふすま》が開いて、康孝さんが姿を現した。

「ああ、目が覚めたんだね」

彼は「無理をさせてごめん」と苦笑し、私の枕元に歩み寄る。

「今……」

何時ですかと尋ねるより前に、康孝さんが「八時だよ」と教えてくれる。

「はち……あっ！　猫達のごはん！」

私は慌てて身を起こした。

もうとっくにごはんの時間を過ぎている。

今の今までぼうっとして、すっかり猫達のことを失念してしまっていた。

「それはもう俺がやっておいたから大丈夫」

どうやら康孝さんは私が眠っている間に、猫達にごはんをやったり、炬燵《こたつ》テーブルの上に出しっぱなしだったお皿やお箸《はし》、コップやお酒を片付けたりしてくれたらしい。そういえば、こっちに避難させておいたおせちのお重もなくなっている。

「ありがとうございます、康孝さん」

「いいんだよ、これくらい」

「ごめんなさい、康孝さんもお腹空《す》きましたよね。私、何か作ってきますね」

「いや、今日は俺に作らせて。まだ身体辛いだろう」

「そんなことは……」

立ち上がろうとしたら、足腰に力が入らず立てなかった。

(う、嘘……)

呆然とする私に、痛ましげな表情を浮かべた康孝さんが申し訳なさそうに謝る。

「ごめん、俺のせいだ。だから、今日は俺に任せてゆっくり休んで。厨房《ちゅうぼう》を借りてもいい？」

「は、はい。すみません、お願いします……」

これでは厨房《ちゅうぼう》に行くこともできないので、私は康孝さんに夕飯を任せることにした。

「それじゃあ、すぐ作ってくるから。待っていて」

和室を出ていく時に康孝さんが襖《ふすま》を開けていってくれたので、しばらくしてリビングにいた猫達がこちらにやってきた。

「ニャウ？」

クロスケが、「どうしたの？」と問うように私の顔を覗き込んでくる。

ハチベエもトラキチも、私の様子を窺《うかが》うみたいにふんふんと顔を近付けてきた。

「大丈夫だよ～」

ただ、ちょっとばかりその、セックスのしすぎで腰が抜けてしまっているだけで……

「ナーン」

「ふふっ、くすぐったいよ、トラ」

トラキチが私の頬をぺろぺろと舐《な》めてくる。

クロスケは撫でてと強請《ねだ》るように私の手に頭を擦《こす》りつけてきて、ハチベエは布団の端にどっかりと座り込み、毛づくろいをし始めた。

「おまたせ、朋美さん」

そんな風に猫達と戯《たわむ》れて待っていたら、お盆に土鍋と取り皿を載せた康孝さんが戻ってきた。

「ほらほらお前達、ちょっとだけこっちで待っててくれ」

彼はいったんお盆を畳の上に置くと、猫達を抱き上げ、隣のリビングに移動させた。

そして襖《ふすま》を閉め、私の傍に腰を下ろす。

猫達が周りをうろちょろしては食事に集中できないと気遣ってくれたのだろう。

「簡単なもので申し訳ないけど」

そう言って、康孝さんが土鍋の蓋《ふた》を開ける。

私はそれにつられるように上半身を起こした。

ふわっと湯気《ゆげ》が立ち上《のぼ》り、一緒に広がった鰹《かつお》ダシの香りが鼻腔《びこう》をくすぐる。

これは猫達を隔離《かくり》して正解だったかも。

(お、美味《おい》しそう……)

康孝さんが作ってくれたのは、ほうれん草と鮭《さけ》、しめじたっぷりの卵入り雑炊《ぞうすい》だった。

私はごくりと唾を呑み込む。

康孝さんはレンゲを使ってお茶碗に雑炊《ぞうすい》を取り分けてくれる。

(あれ？　お茶碗とレンゲが一つずつしかない。康孝さんは食べないのかな？)

もしかして、私が寝ている間に済ませたのだろうか。

しかし、見たところこの雑炊《ぞうすい》はけっこう量が多く、一人では食べ切れそうにない。

まあ、余ったら明日また食べればいいか。

そんなことを考えていると、お茶碗に雑炊《ぞうすい》をよそった康孝さんが、いったん土鍋の蓋《ふた》を閉めた。

そして、お茶碗とレンゲを渡してくれるかと思いきや……

（あ、あれ？）

レンゲで一口分掬《すく》った雑炊《ぞうすい》にふうふうと息を吹きかけて冷ますと、それを私の口元に運んだ。

「はい、朋美さん。あーん」

固まる私に、康孝さんが声をかける。

「……朋美さん？　口、開けて」

「は、はい」

私は再度促《うなが》され、おずおずと口を開く。

「んっ……」

「美味《おい》しい？」

「は、はい」

雑炊《ぞうすい》はとても美味《おい》しい。美味《おい》しいのだが……

「康孝さん。別に病人じゃないんだから、私一人で食べられますよ？」

二口目を差し出され、私は康孝さんにそう訴える。

「うーん、でも、せっかくの機会だからね。こういうのしてみたかったんだ」

しかし彼は聞き入れず、笑顔で二口目を突きつけてくる。

そうやって私に食べさせる合間、康孝さんは自分でも雑炊《ぞうすい》を口にした。

どうやら彼も夕飯はまだ食べていなかったようだ。

最初からこうやって食べさせるつもりで、お茶碗とレンゲを一つしか持ってこなかったのだろう。

「はい、あーん」

「……あーん」

にこにこと雑炊《ぞうすい》を口に運ぶ康孝さんの楽しげな様子に、抵抗する気も失せてしまう。

彼は責任を感じているのか、はたまた単に世話を焼くのが好きなのか、その後も甲斐《かい》甲斐《がい》しく私の面倒を見てくれた。

食後の片付けをしたり、私を抱えて一緒に浴室に行き、身体を隅々《すみずみ》まで洗ってくれたり……

ただしてもらうばかりなのは落ち着かなかったので、私も康孝さんの身体と髪を洗わせてもらった。

二人で洗いっこして、お酒を飲んでいたので湯船には浸《つ》からず、お風呂から出たあとは彼が私の髪を乾かす。

それからしばらくは康孝さんが淹《い》れてくれたお茶を飲みつつ、炬燵《こたつ》に入ってテレビを見てまったりと過ごし、零《れい》時近くなってから二人で布団に入った。

ちなみに猫達はいつものように、私の部屋のベッドで寝ている。

「……あーあ、朋美さんを独り占めできるのも、あと少しか……」

和室の照明を落とし、布団の中で私を抱き寄せるなり、康孝さんが不満げに呟いた。

明日、一月二日の昼には秀哉くん達が帰ってくる。駅まで迎えに行って、そのまま一緒に昼食を食べに行く予定だ。

つまり二人きりの時間は、明日のお昼までで終わってしまう。彼はそれを惜しんでいるのだろう。

私をもっと独り占めしていたいと、そう思ってもらえるのは嬉しい。

それに、私も同じ気持ちだ。

まるで新婚さんのように二人きりで過ごす時間は、とても、とても楽しかったから。

「……ねえ、康孝さん」

私は彼の胸に顔を埋めて、囁《ささや》いた。

「また、こんな風に二人っきりの時間を過ごしましょうね」

「朋美さん……」

名残《なごり》惜《お》しいけれど、なにも今日を最後に二度と二人きりになれないわけじゃなし、これからいくらだって時間を作れるだろう。

「その時にはまた、康孝さんの雑炊《ぞうすい》が食べたいです」

甘えるように囁《ささや》けば、康孝さんは嬉しそうな声音で「もちろん」と頷いてくれた。

ふと、今日引いたおみくじの「この人となら幸福あり」という言葉が頭を過《よぎ》る。

(本当に、その通りだ……)

心の中でひとりごち、私は愛《いと》しい人の胸に抱かれて目を瞑《つぶ》る。

私は今、間違いなく幸せだ。

そしてその幸せは、これからも長く続いていくだろう。

私達が、こうして共にいる限り。

これからも、ずっと……

書き下ろし番外編

秋の名残の栗ごはん

一月の半《なか》ば過ぎ、猫の額《ひたい》ほどの庭にある寒椿《かんつばき》の花が見頃を迎えるころ、私は普段と変わらぬ朝を迎えていた。

トラ猫のトラキチ、黒猫のクロスケ両名の起きろ攻撃によって、スマホのアラームが鳴る前に目を覚ます。

今日は日曜日でお店も定休日。いつもよりゆっくり寝ていられるはずなのだが、猫達は人間の事情など考慮しない。お腹が空《す》いたから、ごはんをくれる相手を起こす。彼らにとっては、ただそれだけのことだ。

しかし、冬の朝は暖かなお布団の中への未練がいっそう募る。叶うなら、このぬくぬくに包まれてもうひと眠りしたい。

けれど、耳元でニャアニャアと騒ぐ猫達を放っておくわけにもいかず、私は観念して布団から出た。

「うう、寒い。今日は一段と冷えるなあ……」

冬用のもこもことしたパジャマの上に、綿入りのはんてんを羽織《はお》る。はんてんはとても暖かくて、この時期には重宝するアイテムだ。

そうして寒さ対策をしたのち、リビングに移動して猫達のごはんを用意する。

「ニャニャッ」

私と一緒についてきたトラとクロが、すかさずお皿に顔を突っ込んだ。

「ふふっ」

ごはんを前にすると目の色が変わっちゃうところ、相変わらず可愛いなあと飼い主馬鹿を発揮しつつ、私は残る一匹を呼ぶ。

「ハチー、ごはんだよー」

ハチワレ猫のハチベエは、今日も今日とて朝の起きろ攻撃には加わらず、布団の中で丸くなっていた。ごはんを用意し、名前を呼んでようやく姿を現す。

「ナアン」

「うん。ハチも早くお食べ。じゃないと、またトラに狙われちゃうよ」

さっきから、トラキチがちらちらハチベエのお皿を見ているからね。

猫達が揃い、お尻を並べてごはんを食べる。

カリカリ、はぐはぐっと夢中になってがっつく姿は、今日も最高に可愛いです。

「さて……」

二度寝しようかと思っていたけれど、猫達を見ているうちにすっかり目が冴《さ》えてしまった。

それに、今日はお昼から康孝さんと秀哉くんが訪ねてくる予定だ。その前に家事を終わらせておくつもりだったから、早く動き出すに越したことはない。

康孝さんと恋人になって、早三ヶ月。お互いに仕事があるので、無理のないペースで逢瀬《おうせ》を重ねている。二人きりで会うこともあれば、今日みたいに秀哉くんを交えて一緒に過ごすことも多かった。

パジャマにはんてん姿のまま一階の厨房《ちゅうぼう》に下りて、朝ごはんの用意をする。

そのついでに、冷蔵庫の中身をチェック。

(今日の昼食と夕飯、何を振る舞おうかなあ……)

足りないものがあれば、買いに行かないと。

(ええと、確か鰤《ぶり》の切り身が残っていたはず。あと、冷凍庫に厚揚げが……)

鰤《ぶり》の切り身が三人分あるのを確認して、今度は冷凍庫を開ける。厚揚げは冷凍しておくと一ヶ月ほど保存できるし、凍ったまま料理に使える上、味も沁《し》みやすくなるので、よくまとめ買いしては冷凍している。

「あっ」

厚揚げの入ったフリーザーバッグを取り出す時、私は奥の方にしまわれた別の袋に目を留めた。

「そうだ。これ、まだ残ってたんだ」

そう呟いて手にとったのは、去年の秋に拵《こしら》えた栗の甘露煮だ。

あれはまだ、康孝さんと恋人になって間もないころ。彼のもとに段ボール一箱分の栗が送られてきて、とても自分達だけでは食べきれないからと、お裾分け……というか、大半を譲ってもらったんだよね。

それで、どうせなら一緒に色々作りましょうということになり、我が家の厨房《ちゅうぼう》で栗の下処理と調理をした。

本当にたくさんあったから助かったよ。私一人じゃ、皮を剥《む》くだけでも一苦労だっただろうな。

栗は虫食いの穴が空《あ》いているものを取り除き、軽く水洗いしたあと、熱湯に三十分ほど浸けておく。昔は半日水にさらしていたけれど、ネットでもっと楽な方法を見つけたのだ。

そして鬼皮を剥《む》くのに使うのは、薄めのバターナイフ。これなら手を傷つける心配もないし、お湯に浸かって柔らかくなった皮は刃がなくても簡単に剥《む》ける。

厨房《ちゅうぼう》の隣にあるダイニングのテーブルに栗の入ったボウルをいくつも並べて、バターナイフを手に、三人で黙々と鬼皮を剥《む》いた。

ペキペキッ、パキパキッと小気味良い音が響いて、渋皮に包まれた栗が見る見るうちに積み上げられていったなぁ。

康孝さんは甘栗を食べる時以外で鬼皮を剥《む》くのは初めてだと言っていたけれど、すぐにコツを掴んで、誰よりも多くの栗を処理していた。こういう単純作業にはつい没頭しちゃうみたい。

鬼皮がするりと剥《む》けた時の、嬉しそうな笑顔。子どもみたいに無邪気で、とっても可愛かった。

そして秀哉くんも手先の器用さを発揮し、大活躍だった。最後の方は康孝さんとどちらが速く剥《む》けるか競争していたっけ。

そんなこんなで鬼皮を剥《む》いた栗は一部を渋皮煮にして、残りは再び皮剥《む》き。

繊維状の渋皮に包まれた実をぬるま湯に入れ、三十分ほど浸けておく。

最初から包丁で一つ一つ剥《む》くのは手間なので、新品のスポンジタワシを使い、硬い面でごしごしと擦《こす》った。皺《しわ》の部分など、どうしてもとれなかった皮は、包丁の顎でこそげとる。

ちなみに、皮付きの栗をそのまま冷凍すると鬼皮も渋皮も簡単に剥《む》けるんだけど、今回は量が量だったし、三人で皮剥《む》きと調理をするのがこの日のメインイベントだったから、この方法をとったのだ。

秀哉くんはもちろん、康孝さんもすごく楽しそうだったよ。

（あの日、剥《む》きたての栗で作った栗ご飯、美味《おい》しかったなぁ）

二人にも大好評だったっけと懐かしく思い返しながら、当時の日付が書かれたフリーザーバッグを見る。

甘露煮はたくさん作って、半分ほどを秀哉くんのおやつ用に渡し、残りをうちで引き取ったんだよね。栗の甘露煮はそのまま食べても美味《おい》しいし、トーストにのせて食べるのも好き。それから、お正月のおせちに入れる栗きんとんの材料としても使わせてもらった。

（あっ、そうだ。今日のお昼は、この甘露煮で栗ご飯を作ろう）

栗ご飯というと、生の栗を炊き込んだものが真っ先に浮かぶと思うのだけれど、甘露煮を使ったバージョンもなかなかに美味《おい》しいんだよね。

ほんのり甘いご飯に、ごま塩をぱっぱと振って食べる。あの甘じょっぱい味が、私は大好きだ。たぶん、康孝さんと秀哉くんも気に入ってくれると思う。

でも念のため、口に合わなかった時用に普通の白いご飯も炊いておこう。これは余っても冷凍しておけるし。

そうと決まったら、甘露煮を解凍せねば。

凍ったままの袋をボウルに入れ、流水をかける。しばしそうしたのち、水を止めて放置。

残り物でぱぱっと朝食を済ませて二階に戻り、着替えをする。あとは洗濯、掃除、買い物……と家事をこなして、昼食作りにとりかかった。

そうして二人を迎える準備が整ったころ、約束の時間ぴったりに康孝さん達が到着した。

「こんにちは、朋美さん」

「こんにちは！　おじゃまします！」

「康孝さん、秀哉くん、いらっしゃい」

「これ、今日のお土産《みやげ》ね」

そう言って康孝さんが渡してくれたのは、猫用のおやつが入った袋と、彼お気に入りの和菓子屋さんの紙袋だ。

「ありがとうございます。いつもすみません」

「いや、こちらこそ。いつもごちそうになってばかりだから、これくらいはさせて」

「あのね、今日はうぐいす餅にしたの。ぼくが選んだんだよ。朋美さん、うぐいす餅好き？」

「大好きだよ。秀哉くんは？」

「ぼくも大好き！　でも、朋美さんはもっと好き！」

「まあ……」

えへへっとはにかんだ笑みを浮かべ、私にぎゅっと抱きついてくる秀哉くんが可愛くてならず、つい頬が緩《ゆる》む。

「ありがとう、秀哉くん」

すると康孝さんが拗《す》ねたような口ぶりで、「いや、俺の方がずっとずーっと朋美さんのこと大好きだからね」と言った。

（もう、康孝さんったら……）

そんなちょっぴり気恥ずかしいやりとりのあと、二人を二階のリビングに招く。

「ニャアン」

「ニャ～」

「ニャウ！」

待ち構えていた猫達が、喜び勇んで駆け寄ってきた。

「クロ、ハチ、トラ！」

猫好きな秀哉くんは、今日も嬉しそうにうちの子達と触れ合う。

コートを脱ぐことも忘れ、猫達を撫《な》でるのに夢中だ。

「秀哉、先にコートを脱ぎなさい」

「はーい」

秀哉くんは素直に従い、コートを脱ぐ。

私は康孝さんの分と一緒にそれを預かって、ハンガーにかけた。

「お昼はここの炬燵《こたつ》で食べましょうね。今持ってきます」

「ありがとう。俺も運ぶの手伝うよ」

猫達と秀哉くんを二階に残し、康孝さんと一緒に厨房《ちゅうぼう》へ下りる。

まずはお味噌汁《みそしる》を温め直し、冷蔵庫からサラダを取り出した。

お味噌汁《みそしる》の具は白菜と厚揚げ。白菜は通年出回っているけれど、旬は冬だ。寒さが厳しければ厳しいほど、美味《おい》しさが増すらしい。

サラダは同じく今が旬の水菜にツナをのせ、特製の和風ドレッシングをかけたもの。

メインのおかずは鰤《ぶり》の照り焼きで、これはさっき仕上げたばかりなのでまだ温かい。

康孝さんにお味噌汁《みそしる》の鍋を見てもらっている間、お盆に一人分ずつ並べていく。

「味噌汁《みそしる》温まったよ。お椀によそっちゃうね」

「ありがとうございます」

それではと、私は炊飯器の蓋《ふた》を開けた。

（ふわあ……）

ふんわり甘い匂いが鼻孔を掠《かす》め、口元がにんまりしてしまう。

ふふふ、さっき味見した時にも嗅《か》いだんだけどね。ちなみにお味はばっちりでした。

これをそれぞれのお茶碗に盛って、ごま塩をパラパラと振り、完成。

「あれ？　栗ご飯？　この時期に珍しいね」

お味噌汁《みそしる》をよそい終えた康孝さんが、栗ご飯に目を留める。

「それに栗の色がやけに鮮やかなような……」

「これ、栗の甘露煮を使っているんです」

去年一緒に作ったあれですよと言うと、康孝さんは「あの甘露煮かぁ！」と嬉しそうに笑った。

「甘露煮の栗ご飯なんて初めて食べるよ」

「お口に合うといいんですけど……。あっ、先に味見してみます？」

私はお箸《はし》を手にとって栗ご飯を少し摘《つ》まみ、彼の口元に運ぶ。

「はい、どうぞ」

「朋美さん……」

（え？　康孝さん、どうしてそんな驚いた顔を……？）

「いや、ごめん。朋美さんが『はい、アーン』ってしてくれたのが嬉しくて」

「えっ、あっ」

つい考えなしにやってしまったけれど、そういえばこれって……

そ、それに、味見なら普通にお箸《はし》を勧めるだけでよかったんじゃ……

(うわわ。なんだか急に恥ずかしくなってきた)

私はなんとも居《い》た堪《たま》れない気持ちになり、箸《はし》を引っ込める。

けれど康孝さんが慌てた様子で私の手を掴んで、「待って、食べさせて!」と少々強引に口へ運んだ。

「あっ……」

「……ん。ご飯がほんのり甘い。ごま塩が良いアクセントになってるね。美味《おい》しい」

「よかった……」

「何より、朋美さんが手《て》ずから食べさせてくれたから余計に美味《おい》しく感じられたよ。……ね、もっとちょうだい」

「や、康孝さんっ」

熱を帯びた瞳でじっと見つめられ、強請《ねだ》られ、胸がドキッとする。

「お願い。あと一口だけでいいから」

「わ、わかりました……」

そういえば康孝さん、お正月に雑炊《ぞうすい》を食べさせてくれた時も、嬉々として「はい、あーん」ってやっていたっけ。

たぶん、こういうのが好きなんだろうな。

（私も……）

ちょっと気恥ずかしいけれど、嫌いでは……ない。

「……康孝さん。はい、あーん」

「……っ！」

羞恥心《しゅうちしん》に頬を染めつつ、おずおずと差し出した栗ご飯を、康孝さんはとっても嬉しそうに食べてくれた。

こんなに喜んでくれるなら、またしてあげてもいいかな？　と思う。

もちろん、二人きりの時限定だけれど。

そして二階に戻り、三人でお昼ごはん。

ちなみに猫達の昼食は、二人が来る前に済ませてあった。

「栗ご飯、美味《おい》しい！」

甘露煮を使った栗ご飯は秀哉くんの口にも合ったようで、康孝さんと一緒におかわりをするくらい気に入ってくれた。

「今年も秋になったら、いっぱい栗の皮を剥《む》くね！　だからまた作って、朋美さん」

渋皮煮も食べたい！　と、秀哉くんは言う。

「いっそ三人で栗拾いに行くってのもいいな」

と、康孝さんまで乗り気だ。

「ふふっ。まだ一月なのに、気が早いですよ」

でも、栗拾いかあ……。二人と一緒なら、きっと楽しいだろうな。

（それに……）

楽しみなのは、秋の栗拾いだけじゃない。

来月には節分とバレンタインデーが控えているし、その次は春の節句にホワイトデー。桜が咲いたら一緒にお花見をしたいし、ゴールデンウィークには旅行に出かけようかって話もしている。

また特にイベントのない日常だって、大好きな人達と過ごせるなら、それだけで特別な時間だ。

この先も、たくさんのお楽しみが待っている。

過ぎ去った秋を彷彿《ほうふつ》とさせる甘い栗ご飯を食べながら、私はそう、これから訪れるだろう幸せな日々に思いを馳《は》せるのだった。

三十路《みそじ》を前に結婚への焦りもなく、オタク街道をひた走る腐女子な千鶴《ちづる》。そんな彼女がお見合いをさせられて出会ったのは、イケメン高校教師の正宗《まさむね》さん。二人は出会った瞬間から息がぴったりで、あれよあれよという間にゴールイン！ゆる〜い二人のあま〜い新婚生活をご堪能あれ☆

B6判　定価：640円+税　ISBN 978-4-434-21431-8

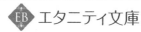

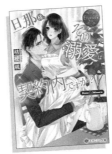

EB エタニティ文庫

旦那様は、妻限定のストーカー⁉

エタニティ文庫・赤

なんて素敵な政略結婚

春井菜緒《はるいなお》　装丁イラスト／村崎翠

文庫本／定価：本体 640 円＋税

大企業の御曹司と政略結婚した桜。平穏な日々を望んでいた彼女だけど……旦那様が無口すぎて、日常会話すら成立しない！　業《ごう》を煮やした彼女は、あの手この手でコミュニケーションを取ろうと大奮闘！　次第に、彼には饒舌《じょうぜつ》で優しくて、ちょっとエッチな一面もあることがわかり——⁉

※エタニティブックスは大人の女性のための恋愛小説レーベルです。ロゴマークの色で性描写の有無を判断することができます（赤・一定以上の性描写あり、ロゼ・性描写あり、白・性描写なし）。

詳しくは公式サイトにてご確認ください。
https://eternity.alphapolis.co.jp

携帯サイトはこちらから！

エタニティ人気の12作品

TVアニメ化!

CV:岩崎諒太、石原舞、大須賀純、清水愛

Eternity
エタニティ
深夜の濡恋 NUREKOI ちゃんねる
Sweet Love Story

通常版 TOKYO MX
2020年10月4日より 毎週日曜 25:05～
※放送日時は変更になる可能性があります

エタニティ公式サイトにて
デラックス♥版 もWEB配信!

アニメ公式サイト:https://eternity-nurechan.com/
アニメ公式ツイッター:@Eternity_Anime

書籍化された人気の12作品を
1話ずつ放送!
毎回作品が異なるので
どの回から見てもOKです。
放送にはない大人向けの
デラックス♥版も
公式サイトにて配信予定!

本書は、2017年7月当社より単行本として刊行されたものに、書き下ろしを加えて文庫化したものです。

エタニティ文庫

恋《こい》の一品《ひとしな》めしあがれ。

なかゆんきなこ

2020年11月15日初版発行

文庫編集－熊澤菜々子・塙綾子
発行者－梶本雄介
発行所－株式会社アルファポリス
〒150-6008 東京都渋谷区恵比寿4-20-3 恵比寿ｶﾞｰﾃﾞﾝﾌﾟﾚｲｽﾀﾜｰ8F
TEL 03-6277-1601（営業）　03-6277-1602（編集）
URL https://www.alphapolis.co.jp/
発売元－株式会社星雲社（共同出版社・流通責任出版社）
〒112-0005 東京都文京区水道1-3-30
TEL 03-3868-3275
装丁イラスト－天路ゆうつづ
装丁デザイン－ansyyqdesign
印刷－中央精版印刷株式会社

価格はカバーに表示されてあります。
落丁乱丁の場合はアルファポリスまでご連絡ください。
送料は小社負担でお取り替えします。

ISBN978-4-434-28109-9 C0193